Dan Gronke

# *Denny entdeckt Köln*

AF235341

Dan Gronie

# Denny

## entdeckt Köln

ROMAN

## Impressum

Alle Rechte liegen beim Autor. Die Verbreitung in
jeglicher Form und Technik, auch auszugsweise,
nur mit schriftlicher Genehmigung des Autors.

Bibliografische Information der Deutschen Nationalbibliothek:
Die Deutsche Nationalbibliothek verzeichnet diese Publikation in der
Deutschen Nationalbibliografie; detaillierte bibliografische Daten sind im
Internet über http://dnb.d-nb.de abrufbar.

Titel: Denny entdeckt Köln
Copyright © 2018 by Dan Gronie

1. Auflage
Taschenbuchausgabe Oktober 2020

Umschlaggestaltung: Dan Gronie
Bild von Stefan Bernsmann auf Pixabay

Herstellung und Verlag:
BoD - Books on Demand, Norderstedt

ISBN: 978-3-7526-1149-6

Dieses Buch ist meiner
Großmutter Katharina gewidmet,
von ganzem Herzen.

# Inhalt

# Was gibt's da zu tuscheln?

**1** Irgendetwas musste los sein, denn meine Oma hatte etwas Wichtiges mit meinem Vater in der Küche zu besprechen, kurz bevor ich ins Bett gehen musste.

Ich stand dicht an der Wohnzimmertür, die nur angelehnt war, und lauschte gespannt. Doch es war nichts zu hören. Dann beugte ich meinen Kopf soweit nach links, dass mein Ohr am Türspalt lag. Doch da die blöde Küchentür geschlossen war, hörte ich nur, wie meine Oma zweimal meinen Namen sagte. Also schien es bei diesem wichtigen Gespräch um mich zu gehen.

Diese Woche hatte ich *eigentlich* überhaupt nichts angestellt. Bei Familie Michels, das waren unsere Nachbarn, hatte ich mit zwei Freunden lediglich Klingelmäuschen gespielt – na ja dreimal, öfters aber nicht. In der Schule war auch nichts vorgefallen, was ein ernstes Gespräch nach sich ziehen würde. Klassenarbeiten hatte es diese Woche auch keine gegeben, und die Hausaufgaben hatte ich auch alle gemacht.

Als ich einen Blick zur Wanduhr werfen wollte, polterte es in der Küche, und ich erschrak dermaßen, dass ich beinahe einen verräterischen Aufschrei ausgestoßen hätte. Ich atmete erleichtert aus. *Puh*, da habe ich noch einmal Glück gehabt.

Über was also sprachen meine Oma und mein Vater bloß, wenn nicht über die Dinge, die mir eben durch den Kopf gegangen waren? Sollte ich aus dem Wohnzimmer zur Küchentür schleichen und horchen? Eine innere Stimme flüsterte mir befehlerisch zu: »**Los, Denny! Tu es! Geh! Geh und horche, was in der Küche besprochen wird!**« Könnte ich tun, aber was wäre, wenn mein Vater plötzlich die Küchentür aufreißen und mich sehen würde?

Ich fragte mich im Stillen, was für eine Strafe einen Horcher erwarten würde und hatte absolut keine Lust darauf, heute noch den Hosenboden vollzukriegen, also beschloss ich im Wohnzimmer zu bleiben und zu warten, bis Oma und Vater mit dem Gespräch fertig waren und wieder ins Wohnzimmer zurückkamen.

Mittlerweile war ich so dicht an den Türspalt gerückt, dass mein linkes Ohr in den Flur hinausragte.

*Huch!* Ich erschrak und warf einen Blick zu Boden. Omas Hund Timmy hatte mich mit seiner Schnauze an der rechten Wade berührt. *Du blöder Hund*, dachte ich, denn beinahe wäre ich vor Schreck gegen die Tür gefallen. Das hätte einen so lauten Knall gegeben, war ich überzeugt, dass meine Oma und mein Vater bestimmt direkt nachgeschaut hätten, wer oder was die Ursache dafür war.

»Geh wieder auf's Sofa, Timmy«, flüsterte ich Omas Hund befehlerisch zu und richtete dabei einen strengen Blick auf ihn.

Timmy stand neben mir und wedelte mit dem buschigen Schwanz.

»Geh schon! Los!«, flüstere ich ihm abermals zu.

Nichts zu machen, dieser Hund hatte einen verdammten Dickkopf und wollte einfach nicht auf mich hören. Ich war überzeugt davon, dass er mich noch verraten würde.

»Sei bloß still! Hast du mich verstanden?«, ermahnte ich Timmy eindringlich und hoffte, dass er nicht an zu bellen fing, während ich an der Wohnzimmertür stand und mit einem Ohr lauschte. Verflixt, das Gespräch zwischen Oma und Vater dauerte mir zu lange.

Timmy stupste mich mit der Nase an. Erst leicht, dann fester. Hoffentlich hatte ich jetzt keinen Hunderotz an der Wade.

»Hat dich etwa ein Floh gebissen?«, flüsterte ich.

Timmy war unruhig geworden. Er wollte unbedingt in die Küche zu Oma. Auch er war wohl neugierig, was dort im Geheimen vor sich ging.

»Pscht, du zotteliges Hundevieh«, schimpfte ich leise. »Sitz!«, befahl ich. Sofort horchte ich angespannt, ob mich jemand gehört hatte. Die Küchentür blieb geschlossen, und ich wandte mich wieder dem Hund zu.

»Sitz!«, flüsterte ich nochmals.

Oh, ein Wunder war geschehen, der Hund gehorchte plötzlich. Gut, Problem Hund war vorerst gelöst. Ich bückte mich und kraulte kurz sein wuscheliges schwarz-weißes Fell.

»Braver Hund«, lobte ich ihn.

Ein schrecklicher Gedanke schoss mir durch den Kopf. Heute war schon Donnerstag, und übermorgen war mein zehnter Geburtstag. Hoffentlich führte das Gespräch zwischen Oma und Vater nicht darauf hinaus, dass ich eine Strafe aufgebrummt bekam.

Nun kraulte ich Timmy hinter dem rechten Ohr, damit er weiterhin ruhig sitzen blieb.

Ich erschrak plötzlich bei dem Gedanken,

dass mir vorige Woche ein spitzer Eckzahn gewachsen war, und ich hoffte, dass dies nichts Schlimmes zu bedeuten hatte. Merkwürdig war das allerdings schon, hatte ich mir doch eine Woche zuvor Dracula im Fernsehen angesehen.

*Oh nein*, dachte ich, *jetzt geht mir ein Licht auf. Es geht um den Film.* Der Gedanke schlug mit so einer Wucht in mich ein, dass ich beinahe vor Schreck die Tür mit dem Hintern zugeschlagen hätte.

Obwohl Oma mir den Vampirfilm streng verboten und mit einer Strafe gedroht hatte, konnte ich trotzdem nicht widerstehen und hatte ihn mir doch angesehen. Tja, das kam so: Der Film wurde am frühen Abend im Fernsehen gezeigt. Meine Oma machte sich große Sorgen um Timmy und musste mit ihm noch unbedingt einen Arzt aufsuchen, weil der Hund angeblich etwas unverträgliches gegessen hatte und sich die Seele aus dem Leib kotzte. Tja, mein Vater und meine Mutter waren an diesem Abend auch nicht zu Hause. Also, was sollte ich tun? Nur blöd dasitzen und darüber nachgrübeln, was bei Dracula in diesem Augenblick abging. Nein, das konnte ich wirklich nicht tun.

*Also, liebe Leute. Wie ist das denn bei Euch, wenn jemand sagt: Ich verbiete es dir! Ist das nicht das beste Argument, genau das Verbotene dann zu tun? Na ja, und so war das damals auch bei mir.*

Samstag hatte ich Geburtstag, und Sonntag kamen meine Freunde zu Besuch, um mit mir zu feiern. Das konnte ich nun vergessen. Aus und vorbei war der Traum von einer schönen Geburtstagsfeier mit Süßigkeiten und Kakao.

Ich konnte mich gleich auf einen langen Vortrag einstellen. Vater würde das berühmte Aufklärungsgespräch anfangen, während Oma ihren Senf dazugeben würde. Na ja, da hatte ich Glück, dass meine Mutter gestern zu ihrer Schwester gefahren war und heute Abend erst spät wiederkommen wollte, denn sonst hätte ich mich mit drei Gegnern auseinandersetzen müssen.

Ich brauchte also handfeste Argumente, warum ich mir den Film verbotenerweise angesehen hatte.

*Schule*, dachte ich und nickte begeistert und war fest davon überzeugt, dass diese Erklärung einleuchtend war. *Genau*, dachte ich und nickte zufrieden. *Ich brauchte Informationen für einen Aufsatz über Vampire.*

Ich überlegte angespannt, ob diese Erklärung wirklich glaubwürdig war. Dabei kraulte ich den Hund. Doch dann sagte ich mir im Stillen vor: *Blödes Argument. Eine Nachfrage bei meiner Lehrerin würde diese Lüge sofort wie eine Seifenbla-*

14

*se platzen lassen.*

Schon wieder hörte ich in der Küche meinen Namen fallen. Dieses Mal hatte Vater ihn ausgesprochen.

Dann zuckte ich vor Schreck zusammen, als mir wieder mein spitzer Eckzahn in den Sinn kam.

»Vampir«, hauchte ich und fühlte mir mit dem Zeigefinger an den spitzen Zahn.

Was war plötzlich in den Hund gefahren? Timmy jaulte kurz auf und lief unter den Wohnzimmertisch. War er fortgegangen, weil ich ihn nicht mehr kraulte? Oder spürte er, dass ich das Böse in mir trug?

Von nun an war ich verdammt bis in alle Ewigkeit als Untoter durch die Welt zu wandeln, auf der Suche nach Opfern und deren Blut.

*Verdammt, früher war das Leben doch viel einfacher und unbeschwerter gewesen.* Ich stutzte und überlegte. *Was sollte denn dieser blöde Gedanke? Ich tat ja schon so, als wäre ich ein alter Mann.*

Das Gespräch zwischen Vater und Oma war lang – viel zu lang. Sie unterhielten sich über mich, weil ich ein Vampir war. Was hatten sie mit mir vor? Wollten sie mich in den Keller einsperren und dort, bis in alle Ewigkeit sitzen lassen?

Ich erschrak und bemerkte dabei, wie mir

die Blässe ins Gesicht stieg. Eine Gänsehaut lief mir plötzlich über den Rücken, als mir ein weiterer schrecklicher Gedanke kam.

Oder wollten sie mir einen Pfahl durch das Herz jagen?

Ich überlegte wieder und kam zu dem Entschluss, dass ich fliehen musste. Wohin konnte ich gehen? Ich konnte mich meinem Onkel anvertrauen. Aber was sollte ich ihm sagen? Etwa die Wahrheit? Dann hörte ich die Stimme meines Vaters in meinem Kopf: »Wir werden dich *jagen* ...« Und in diesem Moment ging die Küchentür auf, und in Windeseile nahm ich im Sessel Platz.

Timmy lag immer noch unter dem Tisch und beobachtete mich ganz genau. Seine Augen machten einen ängstlichen Eindruck auf mich, so als würde er erwarten, dass jeden Augenblick der Vampir in mir ausbrechen könnte.

*Es ist doch sehr merkwürdig, wie sich das Leben manchmal so ganz unerwartet verändert*, dachte ich.

Eben war ich noch ahnungslos und ein ganz normaler Junge im Alter von neun Jahren, und einige Minuten später war ich ein Blutsauger, der schon bald auf die Suche nach seinem ersten Opfer gehen würde, um sein Dasein zu sichern.

»Wir möchten mit dir reden, Denny«, sagte

mein Vater, als er das Wohnzimmer betrat. Oma folgte ihm dichtauf.

Das wunderte mich nicht. Es war an der Zeit, dass ich endlich die Wahrheit über mich und meine Bestimmung erfahren sollte.

»Wir haben gedacht ...«, fing Vater langsam an, »... dies wäre ein guter Zeitpunkt ...« Vater redete mit mir, doch seine Worte nahm ich nicht mehr wahr.

*Wir haben gedacht*, gingen mir seine Worte durch den Kopf. Das war schon mal ein gutes Zeichen. Niemand, der jemandem im nächsten Moment einen Pfahl durch das Herz jagen wollte, fing einen Satz an mit: *Wir haben gedacht*. Vielleicht war es ja doch noch nicht zu spät für mich, und Oma und Vater haben eine Lösung gefunden, mich wieder in einen Menschen zu verwandeln.

»Hörst du mir überhaupt zu, Denny?«, hörte ich Vater laut sagen.

»Natürlich höre ich dir zu, Papa«, nickte ich, obwohl ich nicht genau mitbekommen hatte, worüber er gerade gesprochen hatte. Das Wort *Oma*, *Hund* und *Samstag* war gefallen.

»Gut«, sagte Vater und erzählte etwas über die Kirche und den Kölner Dom. Ich zuckte bei dem Wort *Kirche* zusammen, und zugleich schossen finstere Gedanken durch meinen Kopf.

Na ja, sie konnten mich auch in die Kirche zum Beten schicken. Bloß das nicht. Was würde der katholische Pastor sagen, wenn er erfuhr, dass ich ein Vampir war? Womöglich würde er mir unendlich lange Texte aus der Bibel vorlesen, Teufelsaustreibungen an mir verüben, vielleicht würde er aber auch einen Pfahl aus der Tasche ziehen und ...

Ich hörte plötzlich, wie Vater etwas über Oma und Köln erzählte.

»Was ist mit dir, mein Sohn?«, fragte Vater laut, und ich wandte mich ihm direkt zu. »Du wirkst immer noch so abwesend. Hast du mir überhaupt zugehört?«

»Ja«, sagte ich nur.

Oma sagte kein Wort. Sie redete sonst immer viel. Okay, wenn ich jetzt behaupten würde, sie redete wie ein Wasserfall, das wäre übertrieben, aber so war sie mir zu schweigsam. Nun stand sie da wie angewurzelt und sah mich an, als wäre ich ein ...

»Deine Freunde kommen doch erst am Sonntag zu deiner Feier ...«, unterbrach Vater meine düsteren Gedanken, »... und da haben wir gedacht, du würdest gerne mit Oma am Samstag in die Stadt gehen.«

Plötzlich machte es **Bum** bei mir!

**Bum!**

**Bum!**

»Was ist?«, fragte Vater erstaunt und wartete einen Augenblick, bis er dann sagte: »Ich und deine Mutter wollten ja eigentlich am Samstag etwas mit dir unternehmen, aber wir müssen leider arbeiten, und Oma hätte Zeit für dich.«

»Okay«, stotterte ich und warf Oma einen kritischen Blick zu.

»Ich weiß, Denny. Am Samstag ist dein Geburtstag, und du wirst zehn Jahre alt. Es tut mir ja auch leid, dass wir keine Zeit für dich haben, aber am Samstag geht es wirklich nicht. Leider.«

»Ist schon okay, Papa«, sagte ich.

»Und was ist mit Sonntag?«, fragte ich.

»Am Sonntag sind wir natürlich hier«, nickte Vater mir freudig zu.

»Es ist kaum zu glauben, Denny, dass du schon zehn Jahre alt wirst. Wie schnell doch die Zeit vergeht. Jetzt haben wir schon **1969**«, sagte Oma kopfschüttelnd.

Niemand redete davon, dass ich ein Vampir war. Hatte ich mir die ganze Vampir-Sache bloß eingebildet? Ja, ich hatte mich wohl zu sehr in das Thema Vampire hineingesteigert.

»Es ist schon spät geworden«, sagte Oma. »Du musst ins Bett.«

»Okay«, sagte ich nur.

Warum Oma mit mir in die Stadt gehen wollte, hinterfragte ich nicht weiter. Ich war in diesem Augenblick froh darüber, dass ich ein ganz normaler Junge und kein Vampir war.

Natürlich freute es mich, dass sich Oma am Samstag Zeit nahm und mit mir in die Stadt gehen wollte. Einige meiner Freunde hatten nämlich am Samstag keine Zeit, deswegen war ja auch meine Geburtstagsfeier auf den Sonntag verlegt worden.

Ohne großen Aufstand zu machen, ging ich die Zähne putzen. Das fiel mir heute Abend besonders schwer, weil gleich Bonanza anfangen würde. Ich ärgerte mich total und könnte die Wände hochgehen, als ich daran dachte, dass diesen Monat Bonanza immer eine Stunde später kam als sonst.

*Vampir*, grübelte ich beim Zähneputzen. Gut, ich war vorerst kein Vampir.

Nun gut, jeder Mensch hatte schließlich Eckzähne. Aber trotzdem musste geklärt werden, warum ich diesen extrem spitzen Eckzahn bekommen hatte.

# Kommt mal auf den

# Punkt

**2** *Versucht Ihr einmal einzuschlafen, wenn nebenan im Wohnzimmer Bonanza im Fernsehen läuft.*

Ich jedenfalls machte kein Auge zu. Little Joe hatte etwas von Indianern gesagt. Ein Schuss war gefallen. Eine Frau hatte geschrien, und ein Hund hatte gekläfft – das war Timmy gewesen.

Gottverdammt, ich sollte nicht hier in diesem blöden Bett liegen, sondern nebenan sein, damit ich den Cartwrights im Kampf gegen die Indianer beistehen konnte. Ich hatte mir ja nicht ohne Grund ein Cowboykostüm und eine Pistole zugelegt. Es war eine gute Gelegenheit, diese Sachen außerhalb der Karnevalszeit zu tragen. Ich nickte zustimmend und war bereit dafür, mit den Cartwrights Seite an Seite in den

Kampf zu reiten.

Oma würde auf keinen Fall einverstanden sein, wenn ich jetzt zu ihr ins Wohnzimmer gehen und meine Gedanken in die Tat umsetzen würde.

Ich schloss die Augen, drehte mich im Bett herum und wandte mich vom Wohnzimmer ab. Doch eine gefühlte Minute später hatte ich die Hoffnung aufgegeben – einschlafen würde ich mit Sicherheit nicht so leicht. Gerade war wieder ein Schuss gefallen, und ein Hund hatte gekläfft – und dieses Mal war es nicht Timmy gewesen.

Ich wälzte mich schlaflos im Bett hin und her, von der einen auf die andere Seite.

Ich könnte zum Klo schleichen und dabei kurz an der Wohnzimmertür horchen. Vielleicht sollte ich dabei auch durch das Schlüsselloch gucken, um einen Blick auf das Fernsehgerät zu erhaschen. Ich musste doch unbedingt wissen, was gerade bei Bonanza so passierte.

Es war total unfair.

Gemein.

Qualvoll – eine Folter für die Seele.

Ich hier und die Cartwrights nebenan.

Als ich auf dem Rücken lag, schlug ich die Augen auf und starrte in die Dunkelheit zur Decke hoch. Es war schon etwas verrückt. Die einsamsten Menschen auf der Welt waren wohl

Robinson Crusoe und ich – Denny. Denn in diesem Moment fühlte ich mich wie Robinson sich auf seiner Insel gefühlt haben musste. Niemand war da, mit dem er reden konnte. Er sprach zu Tieren und Pflanzen und womöglich auch manchmal zu irgendwelchen – na ja – Gegenständen. Ich sollte aufstehen und mich mit dem Kruzifix unterhalten, das über Omas Bett hing. Vielleicht half ein kurzes Gebet, und der Herrgott würde mich erhören und ins Wohnzimmer zu den Cartwrights schicken.

*Morgen noch einen Schultag rumkriegen und dann ist Wochenende*, ging es mit durch den Kopf.

Verflixt, ich konnte einfach nicht einschlafen und dachte an die Bewohner hier in Omas Haus. Oma wohnte im Erdgeschoss. Es gab ein Wohnzimmer, ein Schlafzimmer und eine Küche. Ach ja, und es gab natürlich auch noch ein Klo. Vom Schlafzimmer und von der Küche aus kam man auf eine schmale Terrasse, an deren Ende eine kleine Steintreppe in den Garten hinabführte. Meine Oma hatte mir erzählt, dass mein Opa diese Treppe gebaut und damit eine alte Holztreppe ersetzt hatte.

Normalerweise übernachteten unter der Woche noch zwei Pflegekinder – Thomas und Bettina – bei meiner Oma, die aber in dieser Woche nicht hier waren. Ach ja, ich hatte wohl vergessen zu erwähnen, dass wir uns zu viert das Schlafzimmer meiner Oma teilten, in dem vier Betten und zwei Wäscheschränke standen.

Thomas war diese Woche bei seinen Eltern geblieben, weil sie Urlaub hatten. Er wollte aber am Sonntag zu meiner Feier kommen.

Bettina war krank geworden und diese Woche bei ihrer Mutter geblieben. Oma hatte gestern von der Post aus mit Bettinas Mutter telefoniert und erfahren, dass Bettina fast wieder gesund war und vielleicht zu meiner Geburtstagsfeier kommen konnte. Gut, das freute mich natürlich sehr.

*Die Jüngeren von Euch werden sich jetzt bestimmt fragen: Warum hatte die Oma von Denny von der Post aus telefoniert? Tja, das war so, früher hatte man noch keine Handys und nicht jeder hatte ein Telefon zu Hause – das war Luxus, und den konnte sich nicht jeder leisten. Man musste noch zur Telefonzelle gehen, um jemanden anzurufen, und die gab es häufig bei der Post.*

Auf der ersten Etage wohnten meine Eltern in einer kleinen Zweizimmerwohnung, die aus einem Schlafzimmer und einem sehr kleinen Wohnzimmer bestand. Da war kein Platz mehr für mich, deswegen schlief ich ja auch hier unten bei meiner Oma. Außerdem mussten meine

Eltern Omas Küche mitbenutzen.

Des Weiteren wohnte auf der ersten Etage Frau Frings in einer Einzimmerwohnung mit Kochecke. Frau Frings war um einige Jahre älter als meine Oma, aber immer noch sehr rüstig. Dann gab es auf dieser Etage noch ein Gemeinschaftsbad mit Klo für das ganze Haus.

Auf der zweiten Etage war auch noch eine Zweizimmerwohnung, die aus einem Schlafzimmer und einem kleinen Wohnzimmer mit Kochecke bestand, in der das ältere Ehepaar Steinbüchel wohnte. Die Frau sprach ich mit Tante Gertrud an. Ach ja, eine Waschküche befand sich ebenfalls dort oben auf der zweiten Etage, in der eine Gemeinschaftswaschmaschine für das Ehepaar Steinbüchel und Frau Frings stand. Den alten Waschbottich, der mit Holz beheizt werden konnte, benutzte niemand mehr. Oma hatte mir mal erzählt, dass sie noch bis kurz vor meiner Geburt mit dem Ding die Wäsche gewaschen hatte. Die Wäsche hatte meine Oma mit einem Waschbrett sauber gerubbelt. Anschließend musste die Wäsche dann noch ausgewrungen werden. Das war körperliche Schwerstarbeit gewesen. Da hatten wir es nun mit einer Waschmaschine ja viel einfacher.

Ich schrak auf. Schon wieder war ein Schuss gefallen, aber dieses Mal war kein Hundegebell zu hören. Soviel wurde sonst nie in Bonanza herumgeballert. Oh, nun hörte ich auch noch die Stimmen von Hoss und Adam.

So langsam fiel es mir trotz Bonanza verdammt schwer, meine Augenlider offenzuhalten. Ich musste gähnen. Die Müdigkeit überfiel mich plötzlich rasend schnell und legte sich wie ein schwarzes Tuch über mein Gesicht. Ich wollte mich dagegen wehren, die Müdigkeit abschütteln, wie ein nasser Hund die Wassertropfen von seinem Fell, doch das Schicksal hielt einen anderen Weg für mich bereit. Ich musste wieder gähnen und dann ...

Vater und Mutter saßen mit mir in Omas Küche am Esstisch. Keiner von beiden rührte sich. Sie tauschten nur stumme Blicke aus. Ich warf einen hoffnungsvollen Blick zur Tür. Wo war Oma?

Sie kam nicht.

»Wir sind uns einig, Denny«, begann Vater und sah mich dabei streng an, »heute ist der Tag«, er blickte kurz zu Mutter, die ihm leicht zunickte, »um dir von den Veränderungen zu erzählen, von denen du bald betroffen sein wirst.«

»Aha!«, sagte ich und lächelte leicht. »Du meinst sicherlich, dass ich schon sehr bald massenhaft Pickel und eine Pubertätstimme bekommen werde?«

Vater schüttelte den Kopf, während Mutter tief Luft holte.

»Die Wahrheit über unsere Familie«, sagte Vater und wiederholte: »Um dir die Wahrheit über unsere Familie zu erzählen.«

Vater schwieg.

Er machte es aber spannend. Was sollte das für eine Wahrheit sein? Waren wir etwa reich? Würde ich bald ein eigenes Zimmer bekommen? Vielleicht bekam ja jede Familie hier im Haus ihr eigenes Bad. Wir hatten Bekannte in der Eifel, die wir schon mal mit dem Zug besucht hatten. Sie hatten ein Haus mit zwei Badezimmern, und in diesem Haus lebten nur die Eltern mit ihren beiden Kindern und der Opa. Hätten wir ein eigenes Bad mit elektrischem Boiler, dann bräuchte ich mich Morgens nicht mehr an einer Schüssel mit warmem Wasser zu waschen. Vielleicht dürfte ich dann auch öfters in der Woche duschen oder baden, was ja sonst eigentlich nur samstags vorgesehen war.

*Ja Leute, das war wirklich so. Die Älteren von Euch werden es bestimmt noch wissen. Duschen oder Baden fand nicht jeden Tag statt. Da gab's eine kleine Bütte voll Wasser, an der man sich waschen konnte. Manchmal war das Wasser auch kalt – und blöderweise immer dann, wenn es draußen Winter war. Und wenn Ihr Euch jetzt noch über den*

*Wunsch des elektrischen Boilers wundert: Damals gab es noch Boiler, die mit Holz beheizt wurden, und so war das auch bei uns.*

Dann ergriff Vater wieder das Wort: »Na ja, Denny, die Sache ist die ...«

Mutter schniefte kurz.

»... du bist etwas ganz Besonderes.«

*Na klar bin ich das*, dachte ich und grinste Vater breit an.

»Da bin ich ja froh«, sagte ich, warf zuerst Mutter einen Blick zu, und dann sah ich Vater an, »dass ihr das auch endlich mal bemerkt habt.«

Vater runzelte die Stirn.

Was hatte er bloß? Verstand er wieder einmal keinen Spaß? Warum mussten Erwachsene so oft eine ernste Miene machen? Immer taten sie so, als wäre die Welt voller Probleme.

»Du bist anders als deine Freunde, Denny«, sagte Vater in einem ernsten Ton, der mich an einen brummenden Bären erinnerte.

»So«, sagte ich und lauschte gespannt.

Mutter hatte noch kein einziges Wort gesagt. Das war wirklich sehr seltsam. Sie schnatterte doch manchmal wie eine Gans. Mutter war mir zu ruhig, das wiederum beunruhigte mich nun doch ein wenig. Und überhaupt: **Wo war Oma?**

»Was ist denn mit mir los?«, forderte ich von

meinem Vater eine Erklärung.

Vater räusperte sich.

»Irgendwann in der nächsten Zeit wirst du nächtelang unterwegs sein ...«

Na toll, Vater. Was sollte denn das für eine blödsinnige Erklärung sein? Ich glaubte nicht so recht daran, dass ich mit zehn Jahren nächtelang unterwegs sein würde. Oma würde mir das Fell über die Ohren ziehen.

»Na ja, Denny, es wird die Zeit kommen, da wirst du vielleicht ziemlich schlecht riechen.«

Das war wohl doch nicht ernst gemeint? Hatte Vater völlig den Verstand verloren? Als ich Mutters ernste Miene sah, schwieg ich und hörte ihm weiter zu.

»Was dein Vater damit meint, Denny«, sagte Mutter sanft, »du wirst vielleicht manchmal etwas essen, wovon du starken Mundgeruch bekommen wirst.«

Die ersten Worte meiner Mutter waren auch nicht besser wie die meines Vaters. Ich starrte Mutter schweigsam an. Vater musste sie mit irgendeiner teuflischen Krankheit angesteckt haben. Sie fing so langsam an, den gleichen Blödsinn zu reden wie er.

Warum konnten meine Eltern mir nicht klipp und klar sagen, was sie von mir wollten? Hielten sie mich noch für ein Kleinkind? Ich würde bald zehn Jahre alt sein. Meine Eltern sollten endlich mal aufwachen und so langsam mal erwachsen werden.

»Wovon zum Teufel redet ihr eigentlich?«, hakte ich ärgerlich nach.

»Ist das nicht ersichtlich, Denny?«, fragte Vater und zog dabei die Augenbrauen langsam hoch.

»Nein, ist es nicht«, brüllte ich.

»Es geht um deine Eckzähne, Denny, mein lieber Sohn«, sprach Mutter mich an. Ihre Stimme hörte sich zwar sanft an, aber es klang ein unterschwelliger Ton von Besorgnis in ihr mit. »Wir hätten es dir schon sehr viel früher sagen sollen ...«

»Hätten wir nicht«, unterbrach Vater sie. »Der Zeitpunkt ist genau richtig.«

»Moment mal«, stotterte ich. »Ihr wollt doch nicht etwa sagen ...«

Vater und Mutter sahen mich schweigend an.

»Nein«, schüttelte ich den Kopf und konnte es nicht fassen. Meine Gedanken waren doch völliger Blödsinn. »Nein«, schüttelte ich wieder den Kopf. »Nein, nein, nein.« Ich versuchte alle meine negativen Gedanken abzuschütteln, was mir allerdings nicht sonderlich gut gelang.

»Doch, Denny«, sagte Vater. »Ich denke, du weißt, was wir dir sagen wollen.«

Mutter nickte nur.

Ich warf einen hektischen Blick zur Tür. Wo war denn bloß Oma? Nur noch sie konnte mir sagen, dass ich mich irrte. Aber sie kam nicht.

»Wollt ihr mir etwa sagen, dass ich ein ...«, ich schluckte und hauchte, »... ein Vampir bin?«

Mutter nickte nur.

»Ja«, sagte Vater und senkte den Kopf.

Diese Neuigkeit schlug bei mir ein wie eine Bombe. Jede Zelle meines Körpers schien sich aufzulösen und sich in alle Himmelsrichtungen auf- und davonzumachen.

»Ähm!«, sagte ich langsam und grinste leicht. Dann stieß ich ein Lachen aus, kurz wie ein Husten, und sah erst Vater und dann Mutter an, als hätten sie einen Scherz gemacht. »Ihr beiden wollt mich auf den Arm nehmen.« Irgendwie fühlte ich mich angespannt, und Lachen schien mir ein gutes Heilmittel dagegen zu sein. Doch als ich in die ernsten Gesichter meiner Eltern blickte, verstummte mein Lachen abrupt.

»Also, jetzt macht ihr mir aber eine höllische Angst«, flüsterte ich.

Mutter nickte wieder. Dann sagte sie in einem zarten Ton: »Es stimmt, Denny, du bist ein Vampir.«

Ich spürte, wie eine Hitzewelle durch meinen Körper jagte. Mein Kopf musste knallrot geworden sein. Mundgeruch würde ich in diesem Augenblick wohl nicht bekommen, aber vielleicht würde ich feuchte Hände bekommen.

*Egal. Handgeruch gibt es ja zum Glück nicht*, dachte ich.

»Ich durchschaue euch jetzt ganz genau«, lächelte ich plötzlich. »Ihr wollt mich ...«

*Nein, wollten sie nicht*, dachte ich, dafür waren ihre Mienen immer noch zu ernst.

»Es gibt doch keine Vampire«, sagte ich vorsichtig. »Oder?«, hauchte ich.

Vater antwortete nicht.

»Dein Vater und ich sind«, Mutter sagte die Worte sehr langsam, »Vampire, genauso wie unsere Generation davor.«

Ich spürte, wie die Hitze in mir anstieg. Hoffentlich fingen meine Haare nicht an zu brennen. Aber konnte ein Vampir denn eines Feuertodes sterben?

Der Schreck fuhr in meine Glieder, und ich sprach Mutter in einem ernsten Ton an: »Ist Oma auch ein Vampir?«

Sie nickte mir zu. Ich schrie auf, als die Tür aufging und Oma in die Küche eintrat.

Ich schrie weiter und weiter, bis Oma mich rüttelte und sagte: »Denny, Denny.«

»Oma?«

»Wach auf, Denny!«

»Oma?«

»Denny!«

Ich schlug die Augen auf, und Oma stand neben meinem Bett. Einen kurzen Moment brauchte ich noch, um zu mir zu kommen und mich zu orientieren.

»Du bist kein Vampir«, sprach ich Oma an.

»Wie kommst du denn darauf?«

»Ach, nur so«, schluckte ich.

»Hast wohl schlecht geträumt.«

Ich nickte, und nahm Oma in den Arm.

»Komm, Denny«, sagte Oma. »Du musst dich waschen und anziehen.«

»Ja«, sagte ich nur und war froh, dass alles nur ein Traum gewesen war.

Beim Zähneputzen fühlte ich an den spitzen Zahn und betete, dass mir kein weiterer spitzer Eckzahn wuchs.

# Wir gründen eine Clique

**3** Lernen ist wichtig, sagte meine Oma oft zu mir. Spielen schien mir aber genauso wichtig zu sein, deswegen hatte ich heute absolut keine Lust in die Schule zu gehen und wäre lieber mit meinen Freunden zum Spielplatz um die Ecke gegangen. Aber da mein Geburtstag kurz bevorstand, und ich wegen Schulschwänzen keinen Stubenarrest bekommen wollte, nahm ich mir fest vor, gehorsam und auf dem direktem Weg zum Erdkunde- und Mathematikunterricht zu gehen.

Heute war die Stimmung beim Frühstück irgendwie eigenartig. Vielleicht lag es auch daran, dass Thomas und Bettina nicht mit am Tisch saßen. Nur Oma und Mutter waren da. Vater war schon zur Arbeit gegangen. Komisch, Mutter redete kein einziges Wort, und auch Oma sagte nur: »Möchtest du auch ein Glas Milch?«

Ich nickte.

»Bekomme ich auch einen Löffel Kakao?«, fragte ich vorsichtig.

»Natürlich«, lächelte Oma mich an. »Eben war Ferdinands Mutter hier«, sagte Oma, und ich wurde hellhörig. »Heute musst du leider alleine zur Schule gehen, weil sich Ferdinand den Fuß verstaucht hat und seine Mutter mit ihm zum Arzt gehen will.«

»Gut«, sagte ich nur und nickte. »Kommt Ferdinand dann später noch in die Schule?«, fragte ich.

»Das weiß ich nicht«, antwortete Oma.

Hoffentlich war Ferdinand bis Sonntag wieder gesund. Er brachte immer tolle Geschenke mit. Voriges Jahr erst hatte er mir ein Paket Stinkbomben geschenkt. Die waren der letzte Heuler gewesen. Natürlich hatte ich mir fest vorgenommen, sie so bald wie möglich auszuprobieren.

Ich erinnerte mich noch genau an diesen unvergesslichen Tag. Es war bei einem Sonntagsbesuch bei Tante Hilde, das war die Schwester von meiner Mutter, dort hatte ich mit meinem Cousin Rainer teuflische Pläne geschmiedet, wie wir diese Bombe platzen lassen wollten. Und irgendwie kam uns der Gedanke, dass der Nachmittag die beste Zeit dafür war. Wir trafen die ersten geheimen Vorbereitungen, und dann war es soweit: Wir ließen die Stinkbombe im

Wohnzimmer platzen. Mein Cousin Rainer und ich fanden das in diesem Augenblick so witzig, dass wir uns heimlich angrinsten. Tja, bloß Tante Hilde zog eine Miene, als wäre ein Troll ihr auf den Nachmittagskuchen getreten. Na ja, irgendwie roch es auch den ganzen Nachmittag über nach Trollfurz, und als Rainer und ich den Kuchen serviert bekamen, fluchten wir leise, denn bei diesem Gestank machte das Essen wirklich absolut keinen Spaß. Meine Mutter verzog nur schweigsam die Mundwinkel. Wir hatten Glück, dass Tante Hilde den Abfluss in der Küche dafür verantwortlich machte. Onkel Werner hatte ihn wohl immer noch nicht repariert. Doch Vater warf mir und Rainer einen Blick zu, der mir verriet, dass er ganz genau wusste, wer für diese Sauerei die Verantwortung trug.

Als ich dann auch noch in der gleichen Woche eine Stinkbombe ins Klassenzimmer geworfen hatte, bekam ich eine Woche Stubenarrest und musste die restlichen Stinkbomben meinem Vater übergeben. Er meinte zu mir, ich sollte mich nicht wie ein Kind benehmen. Als ich ihn darauf aufmerksam machte, dass ich noch ein Kind war, bekam ich auch noch einen Klaps auf den Hintern.

*Ja, das war früher so, da hatte man von den El-*

*tern oder den Großeltern mal einen kleinen Klaps auf den Po oder eins hinter die Löffel bekommen, wenn man etwas angestellt hatte.*

»Freust du dich schon auf morgen?«, fragte meine Mutter plötzlich.

Ich hatte wohl wie ein Auto geguckt, denn sie sagte prompt: »Morgen gehst du doch mit Oma in die Stadt.«

»Klar freue ich mich schon darauf«, nickte ich ihr zu.

»Was hast du denn vor?«, fragte ich Oma vorsichtig.

»Lass dich mal überraschen, Denny«, antwortet sie und lächelte vergnügt.

»Okay.«

Oma schwieg wieder, und Mutter sagte auch nichts mehr.

»In der Stadt gibt es doch den Zauberkönig«, wandte ich mich an Oma. »Kommen wir da vielleicht vorbei?«, fragte ich neugierig.

»Vielleicht«, lächelte Oma.

Der Zauberkönig hatte in Köln Kultstatus erreicht, denn in diesem Geschäft gab es außer Zauberutensilien, auch ein reiches, vielseitiges Sortiment an allerlei verrückten Dingen, die Kinderherzen bei betreten des Ladens höher schlagen ließ.

»Aber kauf dir bloß keine Stinkbomben«, ermahnte meine Mutter mich plötzlich.

»Nein«, schüttelte ich schnell den Kopf. »Aber in dem Laden gibt es Dracula-Gebisse zu kaufen. Die sind der letzte Heuler«, sagte ich begeistert.

Oma lachte, und Mutter zischte mich laut an: »**PSCHT**!«

Ich erschrak.

»Kein Wort mehr über Dracula«, hauchte sie, »bis zum Einbruch der Nacht.«

»Du machst ihm Angst«, sagte meine Oma.

»War nur ein Witz, Denny«, sagte meine Mutter und lächelte wieder.

Warum wollte ich mir überhaupt ein Dracula-Gebiss kaufen? Total blöde Idee von mir. Vielleicht hatte sich ja der Traum von letzter Nacht in meinem Unterbewusstsein festgesetzt. *Ja, genau, das wird es sein*, dachte ich. *Träume sind Schäume, aber in meinem Fall war das nicht so.* Meine Träume erschienen mir manchmal so real wie das wirkliche Leben.

»Hast du etwas, Denny?«, fragte Oma mich besorgt.

»Nein«, antwortete ich.

»Wirklich nicht?«

Ich schüttelte den Kopf.

»So, dann machen wir jetzt mal alles für die Schule klar«, sagte Oma.

Mutter verabschiedete sich von mir mit einem Kuss auf die Wange und ging zur Arbeit.

Nachdem ich mit dem Frühstück fertig war, ging ich los zur Schule, die in zehn Minuten zu Fuß zu erreichen war, wenn man schnurstracks dorthin ging, ohne unterwegs Streiche auszuhecken. Heute war aber ein Tag, an dem ich auf dem direkten Weg zur Schule ging – ohne bei irgendwelchen Häusern Klingelmäuschen zu spielen. Auch tauschte ich keine Fußmatten aus, die vor den Hauseingangstüren lagen. Das war zwar immer ein großer Spaß, wenn wir beobachten konnten, wie die ganze Straße ihre Fußmatten untereinander wieder austauschen mussten. Einmal hatten wir den Streich in unserer Straße gespielt. Dummerweise wussten die Nachbarn sofort, wer ihnen das Übel angetan hatte. Warum? Wir Dusseligen hatten natürlich die Fußmatten vor unseren Haustüren nicht vertauscht. Aber solch ein Fehler sollte uns kein zweites Mal passieren.

Das Schulgebäude kam schon in Sichtweite.

In den ersten beiden Stunden hatten wir Mathematik. Die Lehrerin war ganz nett, sehr hilfsbereit und sehr geduldig mit ihren Schülern. Sie bemühte sich immer, dass alle Schüler dem Unterricht folgen konnten. Den einen oder anderen Schüler gab es natürlich schon, der ein wenig langsamer lernte.

Der Erdkundelehrer hingegen war genau das

Gegenteil von ihr – er war ein Vollidiot wie er im Buche stand. Letzte Woche hatte ich einen Papierflieger im Klassenzimmer starten lassen. Er war perfekt und ist absolut genial geflogen. Es gab einen großen Applaus von meinen Klassenkameraden, doch der Erdkundelehrer fand meine Flugvorführung während des Unterrichts nicht ganz so toll.

Es kam, wie es kommen musste. Ich stand vor dem Lehrer, musste mir seine Predigt über korrektes Benehmen in der Schule anhören und meine rechte Handfläche dabei ausstrecken, und dann gab es einige Schläge mit dem Holzlineal. Das tat verdammt weh. Selbst wenn man den Tränen nahe war, durfte man nicht weinen. In der Pause würde sich das bitterlich rächen, denn dann zog man den Spott und das Gelächter der Klassenkameraden auf sich.

*Wie gesagt, früher gab es schon mal eins hinter die Löffel. Nicht so wie heute, da bekommt manch einer Streicheleinheiten von seinen Eltern, wenn er Mist gebaut hat. Aber eine Strafe mit dem Holzlineal zu verrichten, muss wohl auch nicht sein.*

Zur weiteren Strafe durfte ich den Rest der Stunde in der Ecke stehen und von dort dem Unterricht folgen. Das fiel mir schwer, weil meine Hand brannte, als hätte ich sie in glühende Kohlen gehalten. Also, ich weiß ganz genau, wovon ich spreche. Bei Omas Kohleofen hatte ich mir nämlich dummerweise einmal die rechte Hand an glühenden Kohlen verbrannt.

Ich betrat das Schulgelände mit gemischten Gefühlen und nahm mir fest vor, falls sich mein Alptraum eines Tages Bewahrheiten und ich mich in einen Vampir verwandeln würde, dann würde ich den Erdkundelehrer jede Nacht aufsuchen und solange erschrecken, bis er reif für die Klapsmühle war.

Die Mathestunde hatte angefangen. In meine Klasse ging auch ein Mädchen namens Tamara. Sie gefiel mir, und irgendwie fühlte ich mich wohl, wenn ich mit ihr zusammen war. Schade, dass sie heute nicht neben mir saß, hätte mich darüber sehr gefreut. Denn Ferdinand, der ja sonst bei Mathe immer mein Platznachbar war, fehlte heute ja, deswegen hatte Peter seinen Platz eingenommen. Keine Ahnung warum er ausgerechnet heute neben mir sitzen wollte. Die Lehrerin stimmte zu, und so hatte ich den geschwätzigen Peter heute an der Backe kleben. Als Peter mich ansprach und freudig erzählte, dass er gestern mit seinem Vater Fußball gespielt hatte, schoss mir der Satz meiner Mutter durch den Kopf: »... du wirst vielleicht manchmal etwas essen, wovon du starken Mundgeruch bekommen wirst.« Im Nachhinein vermutete ich, dass mir mein Vater damit sagen wollte, dass ich vom Blut saugen starken Mundgeruch bekommen würde. Wenn das stimmen würde, dann gab es sie doch: **Vampire**. Und dieser Peter war einer von ihnen, davon war ich felsenfest überzeugt.

Tamara saß zwei Bänke vor mir. Sie war wirklich nicht zu übersehen. Sie hatte pechschwarze, lange und wuschelige Haare. Sie war etwas ganz Besonderes. Obwohl sie mir hin und wieder schon etwas eigenartig vorkam. Aber, nun ja, vielleicht war es genau das, was mir an ihr so gefiel. Außerdem hatte sie noch auffällig tiefbraune Augen, die manchmal fast schwarz wirkten.

Die Mathestunde war schnell vorüber. In der Pause stand ich bei einer Gruppe Jungen und Mädchen aus meiner Klasse, und Tamara kam hinzu. Sie trat vor die Gruppe und sagte mit einem Gesichtsausdruck, der uns wohl unwiderruflich begreifbar machen sollte, dass es nichts Wichtigeres auf der Welt gab, als ihr zuzuhören: »Ich habe euch folgendes zu verkünden ...«

Auch ihre Ausdrucksweise war manchmal schon etwas seltsam, aber dennoch fand ich sie irgendwie ... sympathisch.

»... die meisten von euch wird das wohl nicht interessieren ...«

Ich lauschte gespannt, was Tamara uns zu

*verkünden* hatte.

»... einige von euch haben keinen Rückhalt ... keine Persönlichkeit ...«

Wow! Mit solchen Worten machte man sich aber nicht viele Freunde, denn bei einigen in der Gruppe brach sofort Gemurmel aus.

»Wie ihr mir ansehen könnt, lebe ich auf der dunklen Seite«, fuhr Tamara fort, »und wenn es unter euch Gleichgesinnte gibt, dann hört mir genau zu.«

»Du redest vielleicht geschwollen«, fuhr Torsten sie barsch an.

Tamara legte die Stirn in Falten, und ihre zugekniffenen Katzenaugen nahmen ihn ins Visier.

*Sei bloß vorsichtig, Torsten*, dachte ich, *sie hat Krallen, denen du nicht gewachsen bist.*

»Ja, totaler Quatsch ist das, was du sagst«, kam es von Gabi.

Tamara wandte sich ihr langsam zu.

»Hört ihr doch einfach mal zu!«, sagte ich ärgerlich.

Warum interessierte mich ihre Rede? Warum verließ ich nicht mit Torsten, Gabi und Ralf die Gruppe?

Torsten blieb stehen und wandte sich mir noch einmal zu. »Stehst du etwa auf die blöde, durchgeknallte Zicke?«

Meine Hände ballten sich zu Fäusten und

mein Blick hielt ihn in Schach. Sollte ich Torsten für diese unverschämte Bemerkung eine Faust auf's Auge drücken?

Meine innere Stimme brüllte: **JA. Tu es!** Aber dann dachte ich an den Ausflug mit Oma und an meine Geburtstagsfeier. Ich wollte keine Strafe von Vater oder Mutter riskieren, die mir den Ausflug nach Köln mit Oma oder die Geburtstagsfeier versaut hätte. Deswegen beschloss ich auf Torstens blöde Bemerkung nicht zu reagieren und löste die Fäuste.

Na ja, was nicht heißen soll, dass dieser Torsten ungeschoren davon kommen würde. Nach meiner Geburtstagsfeier gab es ja auch noch Tage, an denen ich mich mit Torsten *aussprechen* konnte.

»Ich möchte eine neue Gruppe gründen«, fing Tamara an.

»Eine neue Clique?«, fragte ein Junge aus der Gruppe.

»Genau, so ist es, ich möchte eine neue Clique gründen«, bestätigte Tamara ihm mit einem Nicken.

»Was soll denn das für eine sein?«, fragte ein anderer aus der Gruppe.

»Wenn ihr einfach alle mal zuhören könntet, würdet ihr es gleich erfahren«, sagte ich mit fester Stimme und atmete kräftig durch die Nase ein und wieder aus.

»Danke, Denny«, nickte Tamara mir zu.

»Schon gut«, murmelte ich und spürte, wie mein Kopf heiß wurde. Hoffentlich hatte ich keine roten Backen bekommen.

»Also, ich möchte eine neue Clique mit dem Namen **MIDS** gründen«, erklärte Tamara.

»Eine was?«, fragte Karl.

»Was bedeutet MIDS?«, hakte ich nach und stutzte, denn Tamaras Miene verfinsterte sich zusehends. »'tschuldigung, wollte dich nicht unterbrechen.«

»MIDS bedeutet«, Tamara machte eine kurze Pause, blickte geheimnisvoll in die Runde und fuhr fort, »Monster in dieser Stadt.«

»Was soll denn das bedeuten?«, fragte Karl und schüttelte dabei verständnislos den Kopf.

»Wir, die MIDS, erzählen uns Geschichten über Werwölfe und unheimliche Gestalten und natürlich über Zombies«, erklärte Tamara und hob dabei das Kinn, »und wir werden uns Geschichten über Vampire erzählen.« Tamaras Blick fiel auf mich.

Das war wie ein Schlag ins Gesicht – voll auf die Zwölf. War es ein böses Omen? Seit gestern verfolgten mich die Vampire – in meinen Träumen und Gedanken – und jetzt auch noch in der Schule.

»Das ist doch Schwachsinn«, rief Karl und verließ die Gruppe.

Irgendwie schaffte es Tamara immer wieder, dass ihr nach kurzer Zeit niemand mehr richtig zuhören wollte. Tamara hatte jetzt nur noch fünf Zuhörer, aber sie ließ sich nicht durch die Flucht ihrer Klassenkameraden beirren und sagte mit scharfer Stimme: »Aber ich warne euch, die Geschichten werden gruselig und blutrünstig sein, nichts für schwache Nerven.«

Tamara hatte es wieder einmal erreicht. Die anderen Mitschüler gingen tuschelnd davon. Nur ich war noch übriggeblieben und stand Tamara Auge in Auge gegenüber. Sollte ich auch verschwinden? Irgendwie tat sie mir leid.

»Wie findest du meine Idee?«, fragte Tamara mich und sah mir dabei direkt in die Augen. »Schließt du dich der Clique MIDS an?«

»Tja, also ...«, stotterte ich, »... die Idee ist nicht schlecht ... es ...«

Die Schulklingel kündete das Ende der Pause an. Die ersten Schlangen von Schülern bildeten sich auf dem Schulhof und warteten darauf von den Lehrern abgeholt zu werden.

»Ich überlege es mir noch«, sagte ich hastig und ordnete mich schnell in die Schlange meiner Klassenkameraden ein.

Ich hörte, wie Tamara hinter mir laut seufzte. Unter anderen Umständen wäre ich vielleicht der MIDS beigetreten, doch es ging bei der Clique auch um Vampire. Und von Vampiren hat-

46

te ich im Augenblick die Nase gestrichen voll.

Ich hörte ein Krächzen und hob rasch den Blick. Ein pechschwarzer Rabe flog über das Schulgelände hinweg. Ich spürte, wie mir ein kalter Schauer den Rücken hinunterlief. War der Rabe ein schlechtes Omen?

»Hab dir doch gesagt, dass die bekloppt ist«, hörte ich Torstens Stimme zwei Reihen vor mir.

»Ja«, brummte ich nur und ließ die Fäuste in der Hosentasche stecken.

# Oma sagt,

## dass Laufen gesund ist

**4** Wann würde Oma endlich mit dem Geheimnis herausrücken, was sie am Samstag mit mir in der Stadt vorhatte? Ich sollte sie gleich beim Essen danach fragen. Oma bereitete nämlich gerade das Mittagessen für uns beide vor.

Tja, den Schultag hatte ich gut überstanden. Im Erdkundeunterricht hatte ich dieses Mal keine Schläge mit dem Holzlineal von dem Lehrer bekommen, aber dafür dieser blöde Torsten. Nur viermal hatte der Lehrer auf Torstens Handfläche eingeschlagen, bis diese Memme an zu flennen fing. Na ja, ein totales Weichei, dieser Torsten.

Der Erdkundelehrer kam mir in den Sinn, und ich fragte mich, ob er vielleicht eine schlimme Kindheit hatte oder viele Schläge von seinen Eltern einstecken musste? Oder hatte man ihn oft zu Unrecht beschuldigt, und er musste dann immer als Prügelknabe herhalten? Wollte er den ganzen Frust seiner Kindheit heute an seinen Schülern auslassen und teilte deswegen mit dem Holzlineal Schläge aus?

Nächste Woche sollte er eine Quittung für seine strengen Erziehungsmethoden von zwei meiner Klassenkameraden und mir bekommen, denn wir hatten uns fest vorgenommen, ihm wieder einen Nachmittag lang Streiche zu spielen. Klingelmäuschen würde mit Sicherheit eine unserer Lieblingsbeschäftigungen an diesem Tag werden. Das brachte den Lehrer nämlich total auf die Palme und uns freute es, wenn er vor seiner Haustür herumschlich wie ein Jäger auf der Pirsch. Der Lehrer würde dann wie immer voller Hoffnung sein, die Schuldigen zu erwischen.

*Pah, da ist er aber an die Falschen geraten, denn wir sind die Schlaueren*, funkelte es mir durch den Kopf.

Heute Mittag hatte Oma ihre berühmten Kartoffeln mit Möhren gekocht. Ich ließ es mir schmecken und fragte beiläufig: »Wann fahren wir denn morgen nach Köln?«

»Fahren?«, stutze Oma.

»Ja, mit der Bahn«, sagte ich.

Oma schüttelte den Kopf, und was sie dann

sagte, ließ mich kurz erschaudern: »Wir gehen zu Fuß nach Köln.«

»Zu Fuß?«, hakte ich nach.

»Ja«, nickte Oma mir zu. »Haben wir doch drüber gesprochen.«

»Hab' ich wohl falsch verstanden«, murmelte ich.

Nicht, dass ich lauffaul war. Ich hatte nichts gegen einen Fußmarsch einzuwenden. Mit Oma war ich schon des Öfteren zu Fuß nach Ehrenfeld marschiert, aber bis in die Stadt hinein, waren wir noch nie gelaufen. Mit der Straßenbahn brauchte man von Bickendorf aus bis zum Neumarkt etwa zwanzig Minuten. Zu Fuß dauerte es auf dem direkten Weg bestimmt zwei Stunden. Wollte Oma danach etwa noch eine Runde durch die Stadt gehen?

»Alles in Ordnung mit dir, Denny?«, fragte Oma.

*Was soll schon in Ordnung sein, wenn am Geburtstag ein Gewaltmarsch nach Köln vor einem liegt?*, dachte ich.

Ich nickte schweigsam.

»Hast du keine Lust mit mir nach Köln zu gehen?«, fragte Oma, während sie mir noch einen Nachschlag gab.

Was sollte ich darauf antworten?

*Keine Lust darauf. Können wir nicht mit der Bahn fahren?*, grübelte ich.

Ich blickte Oma stumm an. Sollte ich ihr wirklich sagen, dass ich dazu absolut keine Lust hatte?

»Doch natürlich«, log ich sie an, doch dann folgte auch schon der nächste schreckliche Gedanke, und ich fragte zögernd: »Wann willst du denn losgehen?«

»Ganz früh«, antwortete sie.

»Das heißt?«

»So um acht Uhr«, fügte sie kühl hinzu.

*Bums!*, schlug es dumpf bei mir ein.

Das bedeutete, dass ich bestimmt schon um sieben Uhr aufstehen musste. Es dauerte einen Moment, bis ich mich von dem Schrecken erholt hatte, dass ich an meinem Geburtstag schon so früh aus den Federn geworfen wurde. Dann fragte ich Oma direkt: »Was hast du denn in Köln vor?«

Sie schwieg und aß ihren Teller leer.

»Möchtest du noch einen Nachschlag, Denny?«, lenkte sie vom Thema ab.

»Nein danke!«

Oma beantwortete meine Frage immer noch nicht, und das ärgerte mich total. Ich überlegte kurz, ob es irgendeine Ausrede gab, die mir den Fußmarsch nach Köln erspart hätte. Doch auf die Schnelle, fiel mir nichts ein.

»Du hast mir noch keine Antwort gegeben«, brummte ich schließlich.

»Es soll doch eine Überraschung für dich werden.« Oma sah mich streng an und atmete schwerfällig ein. »Also, verlange jetzt keine Antwort von mir, Denny!«

Na ja, ein wenig enttäuscht war ich schon von Oma, dass sie mir ihr Geheimnis nicht verraten wollte. Quengeln wollte ich deswegen aber auf gar keinen Fall, also hakte ich nicht weiter nach. Ich lächelte Oma nur an und sagte dann: »Dann lass ich mich mal überraschen.«

Oma nickte mir freudig zu.

»Du wirst es nicht bereuen, Denny.«

Verdammt, mit dieser Aussage spannte Oma mich wieder auf die Folter.

»Laufen ist gesund, Denny!«, sagte Oma aus heiterem Himmel und klang fröhlich dabei.

*Na ja, das mag ja schon so sein, wenn man die richtigen Schuhe dafür hat*, ging es mir durch den Kopf.

Irgendwie wurde ich das Gefühl nicht los, dass Oma mir noch mehr verschwiegen hatte. Ich kannte Oma gut und wusste eigentlich immer, wenn sie etwas vor mir verheimlichte. Aber mir war völlig bewusst, ich könnte sie noch so sehr löchern – mit der ganzen Wahrheit würde sie niemals herausrücken.

»Du siehst enttäuscht aus«, stellte Oma fest.

»Nö«, schmollte ich.

Timmy kam zu mir, und ich kraulte ihn am

Nacken.

»Nehmen wir Timmy mit nach Köln?«, fragte ich.

»Nein«, antwortete Oma kopfschüttelnd. »Wir gehen ohne den Hund.«

»Er bleibt hier?«, fragte ich erstaunt.

Oma nickte.

Das war äußerst seltsam, denn Oma ließ den Hund nur selten allein zu Hause. Oma musste etwas ganz Besonderes mit mir vorhaben. Ob sie vielleicht mit mir in den Kölner Zoo gehen wollte? Nein, dann würden wir sicherlich mit der Bahn fahren.

»Ich will mit dir den Spaziergang nach Köln in Ruhe unternehmen ...«, fing Oma an und atmete kurz durch.

*Spaziergang nennt sie das?*, dachte ich. *Das würde ich eher Gewaltmarsch nennen.*

»... und der Hund würde uns beide nur stören«, fuhr sie fort, »und außerdem will ich mit dir ... soviel verrate ich dir schon einmal. Du weißt, Denny, jede Stadt hat ihre eigenen Geschichten, Legenden und Helden, und es ist an der Zeit, dass du etwas von diesen Geschichten erfährst. Es gibt sehr ... sehr viel Interessantes auf diesem Spaziergang zu entdecken ...«

Da war schon wieder, dieses bestimmte Wort von Oma, das mir ganz unheimlich vorkam: *Spaziergang.*

»... und es wird dir bestimmt gefallen.«

Oma strahlte so eine Freude aus, dass ich ihr nicht widersprechen wollte. Ich hätte natürlich sagen können: *Oma, ich habe absolut keine Lust darauf.* Dann hätte Oma mit Sicherheit den *Spaziergang* nach Köln abgeblasen, aber sie wäre ganz bestimmt sehr unglücklich darüber gewesen. Ich wollte ihr die Freude keineswegs nehmen, also beschloss ich keine Widerworte mehr zu geben und mich von ihr überraschen zu lassen.

Vielleicht würde der Ausflug mit Oma ja doch spannend und lehrreich für mich werden.

Gleich musste ich noch die Hausaufgaben machen. Ich warf einen kurzen Blick auf die Küchenuhr. Verflixt, mit den Hausaufgaben musste ich mich beeilen, denn in einer Stunde wollte Ferdinand vorbeikommen. Wir wollten etwas im Garten spielen und anschließend durch Bickendorf spazieren gehen, falls Ferdinand mit seinem verstauchten Fuß laufen konnte.

Ich musste wieder an den gewaltigen *Spaziergang* nach Köln denken – doch so langsam freute ich mich ein wenig darauf mit Oma nach Köln zu gehen.

Der Abend rückte näher, und dieses Mal ging ich mit Freuden und ohne Widerworte zu Bett. Obwohl sich meine Oma im Wohnzimmer einen Western mit Gary Cooper ansah, dauerte es nicht lange, bis ich einschlief.

Ich blickte aus dem Schlafzimmerfenster in den Garten hinein. Dort sah ich einen fremden Mann im Trenchcoat. Er lehnte an dem großen Birnenbaum und schien auf jemanden zu warten. Nebelschwaden zogen über die Wiese hinweg. Plötzlich trat mein Vater vor das Fenster, und ich duckte mich rasch. Hoffentlich hatte er mich nicht gesehen. Ich atmete erleichtert auf, als mein Vater auf den mysteriösen Mann zuging und anscheinend  keinerlei Notiz von mir genommen hatte. Es war schon dämmerig, trotzdem erkannte ich, dass die Haut des Fremden die Farbe von Kakao hatte. Ansonsten war er schlank und einen Kopf größer als mein Vater.

Mein Vater stand nun vor dem Mann und stellte ihn wohl zur Reden. Ich hörte seine laute Stimme.

Irgendwie sah der Mann etwas komisch aus. Seine langen Haare waren zu vielen kleinen Zöpfen geflochten, und sein brauner Hut war viel zu groß für ihn. Er hatte ihn tief ins Gesicht gezogen, so dass ich es nicht genau erkennen konnte.

Was für ein Geheimnis hatte er?

Der fremde Mann warf einen kurzen Blick in

meine Richtung, und ich hatte dabei das Gefühl, als hätte er mich gesehen.

»Denny«, hörte ich Bettinas Stimme hinter mir und fuhr schreckhaft herum. »Was machst du denn da?«

Stumm deutete ich aus dem Fenster. Wir beide beobachteten meinen Vater und den Mann im Trenchcoat.

»Wer ist er?«, fragte Bettina.

Ich zuckte nur mit den Schultern.

Plötzlich stand wie aus heiterem Himmel Thomas neben mir und fragte: »Was ist denn da los?«

Ich zuckte wieder mit den Schultern.

Anstatt die Sache auf sich beruhen zu lassen und ins Bett zu gehen, entschieden wir uns gemeinsam dafür, das Geheimnis des Fremden zu lüften.

Also schlichen wir zur Küchentür, öffneten sie leise und schlichen hinaus. Die niedrige Steinmauer auf der schmalen Terrasse, die ein Meter höher lag, als der Garten, bot uns genügend Deckung. Die Steintreppe, die in den Garten führte, war am Ende dieser Mauer. Als wir sie erreichten, blieben wir weiterhin in Deckung und horchten.

»Du legst es also auf einen Zweikampf an?«, fauchte der Fremde meinen Vater an.

»Wenn es nicht anders geht«, brummte mein

Vater ihn an. »Ja!«

»Du besiegst mich nie.«

»Wir werden sehen.«

Bettina hob den Kopf. Ich riss sie wieder herunter.

»Bleib unten!«, flüsterte ich ärgerlich und warf ihr einen tadelnden Blick zu.

»Was sollen wir tun?«, fragte Thomas.

»Wir warten ab«, sagte ich.

»Verschwinde endlich«, schrie mein Vater so laut, dass ich zusammenzuckte.

Bettina und Thomas erging es nicht anders.

Dann hörte ich verdächtige Geräusche und erhob mich rasch und sah, dass mein Vater einen Pfahl in der Hand hielt und mit dem Mann im Trenchcoat kämpfte.

»Auf ihn«, brüllte ich und lief los.

Bettina und Thomas folgten mir ohne zu zögern, bis zu dem Augenblick, als Vater rief: »Lauft! Lauft um euer Leben!«

Nun blickte ich genau in das Gesicht des Fremden und verharrte für einen Moment. Thomas und Bettina ergriffen sofort die Flucht.

»Wartet!«, rief ich ihnen nach. »Verdammt! Wartet! Kommt zurück!«

Blitzschnell schlug der Fremde meinen Vater nieder und trat mir entgegen. Ich bibberte vor Angst, als er direkt vor mir stand. Nun blickte ich in seine eiskalten Augen und wusste ganz genau, mit wem ich es zu tun hatte. Es war **DRACULA**.

Was konnte ich machen?

Vater hatte den Pfahl vorhin fallen gelassen. Er lag neben ihm auf dem Boden – unerreichbar für mich.

Dann hörte ich, wie die Gartentür aufschlug, und ich sah meine Oma, wie sie mit einem Bund Knoblauch angelaufen kam und dabei schrie: »Wach endlich auf, Denny!«

»Was?«, sagte ich.

»Wach auf!«

»Aber wir müssen Dracula ...«

»Hey, Geburtstagskind«, unterbrach mich Omas Stimme. »Wach auf!«

Ich schlug langsam die Augen auf. Der Alptraum war vorbei.

»Oma?«

»Denny!«

Oma stand neben dem Bett.

»Haben wir Dracula besiegt?«, fragte ich schlaftrunken.

»Hast wohl wieder schlecht geträumt?«

Ich nickte.

»Komm, Denny, steh auf«, sagte Oma sanft. »Heute ist doch dein Geburtstag.«

»Ja«, sagte ich nur und war wieder froh, dass alles nur ein Traum gewesen war.

*Verfluchter Dracula*, dachte ich. *Von heute an sollst du keine Macht mehr über mich haben.*

Ich war nun zehn Jahre alt und musste so langsam mal erwachsen werden. Ich nahm mir ganz fest vor, dass ich von diesem Tag an nicht mehr an Vampire glauben wollte.

# Wir sollten uns etwas sputen

**5** Wackelpudding wird es dieses Jahr wohl eher nicht zum Geburtstag geben. Letztes Jahr hatte ich mit einigen Freunden im Garten gefeiert. Das war eine der schönsten Geburtstagspartys überhaupt gewesen. Die Stimmung erreichte ihren Höhepunkt, als Ferdinand eine Wackelpudding-Schlacht angezettelt hatte.

Aber die Erwachsenen gingen wie immer dazwischen, wenn es uns Kindern am meisten Spaß machte. Vater hatte mit mir geschimpft, dass ich endlich mal erwachsen werden sollte. Nun ja, heute war mein zehnter Geburtstag, da konnte ich nicht mehr mit Wackelpudding durch die Gegend werfen. Ich war ja nun schließlich erwachsen geworden.

Als ich ins Wohnzimmer kam, saßen Vater und Mutter bereits am Tisch und begrüßten mich mit einem großen Stück Papier, auf dem stand: **ALLES GUTE ZUM GEBURTSTAG, LIEBER DENNY!**

Ich war so aufgeregt, und mein Herzschlag dröhnte jetzt in meinen Ohren. Es war so, als ob dort eine mächtige Kirchenglocke läutete. Es freute mich riesig, dass mir meine Familie zum Geburtstag gratulierte: Oma, Vater und Mutter. Mir wurde plötzlich heiß, und ich vermutete, dass mir die Röte ins Gesicht stieg.

Als das jährliche Gratulations-Geburtstags-Ritual vorüber war, sollte ich am Tisch Platz nehmen.

Aber was war mit den Geschenken? Haben sie dieses Jahr nicht daran gedacht? Ich hatte mir doch einen neuen Hund gewünscht – ein Stofftier natürlich. Mein altes Stofftier war schon ziemlich in die Jahre gekommen, und es gab fast keine einzige Stelle mehr, die noch an ein Stofftier erinnerte. *Rösti*, so hieß mein Hund, wurde nur noch mit Mullbinden und Pflaster zusammengehalten.

Wenn ich es mir aber genau überlegte, wäre ich eigentlich froh darüber, wenn ich keinen neuen Hund bekommen würde, denn *Rösti* und ich waren die besten Freunde. Freunde sollte man nicht trennen, und so würden *Rösti* und ich noch viele Jahre zusammen durchs Leben gehen. Mullbinden und Pflaster hatte Oma schließlich genug in der Schublade liegen.

*Wenn Ihr Euch jetzt fragt, wie der Hund an den Namen Rösti gekommen war, das ist ganz einfach.*

Als ich den Hund geschenkt bekommen hatte, stand für mich von Anfang an fest, dass er mich überall hin begleiten musste. Das heißt fast überall hin, denn in die Schule durfte er leider nicht.

Oma hatte eines Mittags mal zu mir gesagt, dass sie Bratkartoffeln mal ganz anders zubereiten wollte. Oma schälte die Kartoffeln und raspelte sie grob. Sie kamen in eine Schüssel. Dann tat Oma ein Ei, Salz, Pfeffer und Muskat dazu. Alles wurde verrührt und in eine Pfanne gegeben. Oma teilte die Masse in zwei Portionen und drückte jede zu einem Fladen. Dann ließ Oma die Masse braten, bis die Unterseite knusprig braun war.

Irgendwie erinnerten mich die beiden Fladen an große verunglückte Reibekuchen. Oma erzählte mir, dass es Schweizer Rösti werden sollten.

Sie drehte die beiden Rösti in der Pfanne um. Nun musste ich mich in etwas Geduld üben, bis auch die zweite Seite braun gebraten war.

*Ich kann Euch sagen, das war ein verdammt*

*leckeres Mittagessen gewesen.*

Der Hund saß natürlich mit am Küchentisch und schaute uns zu. Als Oma und ich dann fertig gegessen hatten, fiel mir etwas später im Garten auf, dass der Hund stank. Er roch nach frischen Bratkartoffeln, und da Oma mir am Küchentisch gesagt hatte, dass diese Bratkartoffeln *Rösti* hießen, hatte der Hund den Namen *Rösti* von mir bekommen.

Heute, an meinem Geburtstag, hatte Oma ein Ei für mich gekocht. Außerdem gab es für mich frische Brötchen mit Butter und Nutella. Oma hatte auch frische Milch besorgt und mir damit einen Kakao zubereitet. Ich durfte mir heute soviel Nutella aufs Brötchen schmieren, wie ich wollte, und das tat ich dann auch. Vater gab mir auch noch ein Stück Schokolade, sagte aber im gleichen Moment, dass ich mir nach dem Frühstück noch einmal gut die Zähne putzen sollte. Okay, für Schokolade und frische Brötchen mit viel Nutella würde ich das ganz bestimmt machen.

Mein Vater schlürfte eine Tasse Kaffee. Als er die Tasse endlich abgestellt hatte, bevor ich einen Hörschaden bekam, sagte er: »Tut uns wirklich sehr leid, Denny«, er sah mich betrübt an, während sich Mutter mit Oma unterhielt,

»dass wir heute zur Arbeit müssen. Deine Mutter kommt so gegen vier Uhr wieder heim, und ich leider erst so gegen fünf.«

Die Enttäuschung bei mir war zwar groß, aber da ich wusste, dass wir das Geld zum Leben brauchten, sagte ich also: »Muss euch nicht leid tun, wir können ja abends etwas zusammen spielen.«

Sollte ich jetzt nachhaken, ob es vielleicht ein kleines Geschenk zum Geburtstag gab? Oder wollten sie mir etwa das Geschenk morgen bei meiner Geburtstagsfeier überreichen? Vielleicht gab es dieses Jahr auch keine Geschenke, denn ich hatte Vater in der letzten Woche sagen gehört, dass dieses Jahr das Geld wohl sehr knapp war.

»Dein Geburtstagsgeschenk gibt es heute Abend«, verkündete Mutter plötzlich.

»Okay«, nickte ich freudig und lächelte, also gab es doch noch ein Geburtstagsgeschenk. Oh Schreck, hoffentlich hatten sie mir keinen neuen Hund besorgt. *Rösti* gebe ich nicht mehr her. Er und ich gehören zusammen – ein Leben lang.

»Du siehst nachdenklich aus, Denny«, stellte Oma fest.

»Ich dachte gerade an den Spaziergang nach Köln«, log ich und dachte nun daran, dass ich den Marsch mit meinen nicht mehr so guten

Schuhen bewältigen musste.

Ich dachte nach. *Klar, Reichtum macht noch lange nicht glücklich. Deswegen war es auch gar nicht so schlimm, dass wir nicht reich waren und ich nur alte Schuhe hatte.*

Die Stimmung am Frühstückstisch war heute fröhlich. Schade, dass meine Eltern arbeiten mussten, aber Oma nahm sich ja heute Zeit für mich.

»Gleich muss ich noch Bettinas Mutter anrufen und sie fragen, ob Bettina morgen wirklich kommt«, wandte sich Oma an mich.

»Okay«, sagte ich.

»Das können wir ja gleich von der Post aus tun«, sagte Oma.

Ich nickte.

Nach dem Frühstück verabschiedeten sich mein Vater und meine Mutter von mir. Oma räumte den Tisch ab und versorgte noch den Hund. Natürlich bekam er von Oma eine Schüssel Wasser und Futter hingestellt.

*Der Hund könnte ja sonst verdursten und verhungern*, lästerte ich im Stillen.

»Putz dir schon mal die Zähne«, sagte Oma befehlerisch.

»Jetzt noch?«, fragte ich unruhig.

Omas Blick verriet mir, dass ich es besser schnell tun sollte, also tat ich es auch.

»Ich gehe mal eben zu Frau Frings und frage

sie, ob sie Timmy in den Garten lassen kann, wenn er mal Pipi machen muss.«

*Hoffentlich kackt der dämliche Hund nicht wieder irgendwo hin, und ich bin der Doofe der wieder hineintritt*, ging es mir durch den Kopf. *Tja, im Hunde-Kack-Hineintreten war ich wohl der Weltmeister.*

Es dauerte nicht lange, bis Oma wieder da war und mit Frau Frings alles geklärt hatte.

»Hast du dir auch richtig die Zähne geputzt?«, fragte Oma nach.

»Natürlich«, nickte ich, »und ich habe auch den Mundgeruchstest gemacht«, lächelte ich Oma zu, »war alles in Ordnung«, ergänzte ich und wartete, was Oma darauf zu sagen hatte.

Und dann kam der ersehnte Augenblick, als Oma sagte: »Auf geht's!«

Doch bevor wir aufbrachen, kam noch Tante Gertrud von der zweiten Etage nach unten und gratulierte mir zum Geburtstag. Ich erfuhr, dass ihr Mann schon sehr früh aus dem Haus gegangen war. Auch er musste heute zur Arbeit gehen. Na ja, sie war nicht wirklich meine Tante. Warum sie Tante hieß, wusste ich auch nicht so genau. Meine richtige Tante wohnte nämlich in Vogelsang.

Frau Frings trudelte auch im Wohnzimmer ein und gratulierte mir zum Geburtstag. Sie drückte mich kurz und wünschte mir einen schönen Tag mit meiner Oma.

Und endlich verließen wir so gegen neun Uhr das Haus. Es war wie eine eisige Dusche, als ich an den langen Fußmarsch dachte. Deswegen hatte ich heute auch mein rotes Köfferchen zu Hause gelassen, das ich ja sonst bei einem Ausflug immer mitnahm. Auch hatte ich meinen Lieblingstrenchcoat und meine Lieblingsmütze nicht an, weil es viel zu warm dafür war.

Mit meiner alten Lederhose – die schon seit Generationen im Besitz der Familie sein musste – und mit meinen alten Schuhen – die schon etliche Sitzungen beim Schuster hinter sich hatten – und einem kurzärmeligen, karierten Hemd, machte ich mich also mit meiner Oma auf den Weg nach Köln. Bestimmt würden wir unterwegs viele Leute treffen, die meine Oma kannten. So langsam freute ich mich doch darauf, von meiner Oma etwas über Köln erzählt zu bekommen.

*Jede Stadt hat ihre eigenen Geschichten, Legenden und Helden*, hatte Oma gestern zu mir gesagt, und darauf war ich schon sehr gespannt.

Wir bogen um die erste Ecke, und schon grüßte Oma mit einem Handzeichen eine Frau aus der Nachbarschaft, die gerade auf der anderen Straßenseite in die Bäckerei ging. Dort hatte meine Oma am frühen Morgen auch die

Brötchen für mich geholt. Ein Glück für mich, dass die Nachbarsfrau wohl keine Zeit hatte und nicht zu uns herüberkam. Sie war nämlich eine richtige Quasselstrippe. Sie war wie ein Teddybär mit einer Schnur am Bauch, die eine unsichtbare Hand immer wieder zog. Bloß, dass sie dann nicht brummte wie ein Teddybär, sondern daraufhin anfing unaufhörlich zu quasseln.

Eine Straßenecke weiter kamen wir an einem kleinen Lebensmittelladen vorbei. Das Geschäft gehörte Herrn Hermann, der den Spitznamen Jappi trug. Er sortierte gerade die Obstkisten. Oma grüßte ihn und blieb stehen. Bei ihm hatte meine Oma heute die Milch für das Frühstück gekauft.

»Hallo, Denny«, grüßte Herr Hermann freundlich, »heute schon so früh mit deiner Oma unterwegs?«

»Ja«, nickte ich freudig. »Heute ist mein Geburtstag, und ich gehe mit Oma nach Köln. Auf dem Weg will meine Oma mir etwas über die Stadtgeschichte erzählen.«

»Das ist ja toll«, nickte Herr Hermann und stutzte plötzlich. »Wollt ihr den ganzen Weg etwa zu Fuß gehen?«, fragte Herr Hermann verdutzt.

»Ja«, nickte ich und dachte: *Hör gut hin, Oma, auch Herr Hermann wundert sich darüber.*

Doch dann sagte Herr Hermann mit einem breiten Lächeln: »Das finde ich prima von deiner Oma.«

Schwenkte er von seiner Meinung um und wollte mir etwa in den Rücken fallen?

*Du mieser Verräter!*, dachte ich.

Herr Hermann sah mich über den Rand seiner dicken Hornbrille an und sagte mit fester Stimme: »Da hast du aber eine tolle Oma, Denny.«

»Ja, habe ich«, bestätigte ich ihm mit einem Nicken.

Bei Herrn Hermann konnte man frisches Obst, allerlei Lebensmittel, natürlich auch Süßigkeiten und einige Getränke kaufen, und man konnte sich frische Milch in Flaschen abfüllen lassen. Also, kurz gesagt, war Herr Hermanns Geschäft ein Tante-Emma-Laden.

Ich stutzte und kratze mich am Kinn. Warum hieß das Geschäft eigentlich Tante-Emma-Laden? Komisch. Schon wieder hatte jemand oder etwas den Namen Tante, obwohl es gar keine Tante war.

»Warte mal kurz, Denny. Ich komme gleich zurück«, sagte Herr Hermann, eilte in seinen Laden und kam mit einem Eis am Stiel wieder heraus.

»Alles Gute zum Geburtstag, Denny!«, sagte er und überreichte mir das Eis.

»Danke.«

Oma und Herr Hermann wechselten noch ein paar Worte; dann ging es weiter, durch ein paar Nebenstraßen, in Richtung Venloer Straße.

Woher Herr Hermann seinen Spitznamen *Jappi* hatte, konnte meine Oma mir auch nicht sagen. So hieß er schon immer, bekam ich von ihr zu hören.

*Wir sollten uns etwas sputen, sonst kommen wir heute nicht in Köln an*, dachte ich und hoffte, dass Oma unterwegs nicht noch mehr Bekannte treffen würde.

# Von warmen Brüdern

# und Damen mit Geruch

**6** Der Himmel war schon am frühen Morgen strahlend blau; keine einzige Wolke war weit und breit zu sehen. Genau das richtige Wetter für einen ausgedehnten *Spaziergang* – oder sollte ich besser einen Gewaltmarsch sagen?

Wir kamen an der Post vorbei. Hier mussten wir immer hingehen, wenn wir telefonieren wollten.

Mein Eis hatte ich bereits aufgegessen. Ich warf den hölzernen Eisstiel schwungvoll in den metallischen Papierkorb, der neben dem Posteingang stand.

»Ich rufe mal eben Bettinas Mutter an«, sagte Oma. »Kommst du mit in die Telefonzelle?«

»Natürlich«, sagte ich.

Oma warf den ersten und dann den zweiten

Groschen in den Geldschlitz am Telefon. Oma fing an Bettinas Telefonnummer zu wählen. Nach jeder gewählten Zahl, wartete ich ungeduldig, bis die Wählscheibe ihre Anfangsposition wieder erreicht hatte. Erst dann konnte Oma die nächste Zahl wählen.

»Warum legst du auf?«, fragte ich verdutzt, als Oma den Hörer auf die Gabel legte.

»Ich habe mich verwählt«, antwortete sie, und gleichzeitig machte es *KlackKlack* und das eingeworfene Geld fiel in die Geldrückgabe zurück.

Das war verdammt ärgerlich. Nun musste Oma abermals das Geld einwerfen und die Nummer wieder neu wählen.

Ich überlegte. *Später möchte ich aber auch ein eigenes Telefon haben wie Bettinas Eltern. Sie hatten ein Eisenwarengeschäft und verdienten ein paar Mark mehr als wir. Deswegen konnten sie sich auch ein eigenes Telefon leisten.*

Endlich machte es *TutTut*. Es dauerte eine Weile, bis sich Bettinas Mutter meldete.

»Müller am Apparat.«

»Guten Tag, Frau Müller«, meldete sich meine Oma freundlich und sagte dann ihren Nachnamen.

Natürlich freute ich mich riesig und hätte vor Begeisterung einen Luftsprung machen können, als ich erfuhr, dass Bettina morgen zu meiner Geburtstagsfeier kommen würde.

*Also, für die Jüngeren von Euch, möchte ich noch folgendes ergänzen. Nun habt Ihr mal einen kleinen Eindruck davon bekommen, wie es damals war, als man noch kein Telefon zu Hause hatte, und Smartphones gab es zu dieser Zeit ja auch noch nicht. Man musste sich eine Telefonzelle suchen und von dort aus telefonieren. Aber man konnte natürlich auch nur bei jemandem anrufen, der auch ein Telefon zu Hause hatte.*

Neben der Post war ein Schreibwarenladen, in dem ich manchmal Sachen für die Schule kaufen ging. Zwei freundliche Männer hatten das Geschäft vorigen Monat übernommen. Einer von ihnen stand vor der Tür und grüßte Oma. Hoffentlich fing er kein Gespräch mir ihr an.

Natürlich konnte Oma nicht wortlos an ihm vorbeigehen, und so kam es, dass Oma stehen blieb und sich mit ihm über das Wetter und die Arbeit unterhielt.

Ich lächelte nur und blieb stumm. *Das sind zwei warme Brüder*, sagte meine Oma häufig – was immer das auch bedeuten mochte. Wenn ich Oma darauf ansprach, was sie denn damit zum Ausdruck bringen wollte, versuchte sie immer der Antwort auszuweichen. Einige Male bekam ich von Oma erklärt, dass keine Frau bei ihnen im Haushalt lebte. Danach sagte Oma immer, dass sie mir später, wenn ich mal alt genug wäre, mir die Sache mit den warmen Brüdern erklären würde.

*Vielen Dank auch Oma*, dachte ich schmollend. *Jetzt bin ich zehn Jahre alt geworden. Heute muss meine Oma mir aber erklären, was denn nun ein warmer Bruder ist.*

Oma unterhielt sich immer noch mit dem warmen Bruder, der nun so richtig in Fahrt kam und unaufhörlich schnatterte.

*Bonanza*, ging es mir durch den Kopf. Auf dieser Ranch lebte ein Vater mit seinen drei Söhnen. Ob diese Söhne auch alles warme Brüder waren? Denn auf der Ranch gab es auch keine Frau. Nur jemand der für die Familie kochte, dies war aber auch ein Mann.

Ich musterte den warmen Bruder ganz genau und fragte mich, ob ich ihn darauf ansprechen sollte. Vielleicht gab der warme Bruder mir ja eine zufriedenstellende Erklärung auf meine immer noch nicht ausreichend beantwortete Frage. Ich überlegte gerade, wie ich ihm die Frage stellen sollte, doch dann eilte der warme Bruder in den Laden zurück.

Etwas später kam er mit einem Comic-Heft aus seinem Laden heraus und überreichte es mir mit den Worten: »Alles Gute zum Geburts-

74

tag, Denny!«

»Dankeschön«, lächelte ich begeistert und vergaß mit einem Mal die Frage, die ich mir zurechtgelegt hatte, denn ich hielt das neueste Comic von Tarzan in der Hand.

Wir verabschiedeten uns von dem warmen Bruder und gingen weiter. Oma verstaute das Comic-Heft in ihrer Tasche.

*Mist, ich habe ja ganz vergessen, dem warmen Bruder meine Frage zu stellen*, dachte ich, als wir um die nächste Straßenecke gebogen waren, *dann muss ich die Frage irgendwann heute meiner Oma stellen, und wehe, wenn sie mir wieder ausweicht.*

Es dauerte nicht lange, und ich sah von Weitem das Geschäft von Willy dem Schuster, der so oft meine Schuhe besohlt und repariert hatte, dass er vielleicht schon jedem Flicken einen Namen gegeben hatte. Wenn man sich mit Willy unterhielt, strich er sich immer den großen schwarzen Schnurrbart glatt, und wenn er lachte, wackelte sein dicker Bauch.

Es war ein sehr kleiner Laden, aber jeder aus dem Viertel ging zu Willy, wenn er Probleme mit seinen Schuhen hatte. Bei Willy roch es immer nach Leder und ... ich weiß auch nicht so genau, nach was es sonst noch roch, aber Oma hatte mir erklärt, dass der Geruch von den Schuhen kommen würde.

*Na ja, vielleicht bringt Peter auch seine Schuhe zu Willy dem Schuster*, ging es mir durch den Kopf. *Peter, mein Klassenkamerad, riecht aus dem Mund wie ein Vampir, also könnten seine Füße durchaus auch einen Geruch absondern, der einer Nase nicht gut bekommen würde.*

»Ist etwas, Denny?«, fragte Oma.

Ich schüttelte den Kopf.

Wir gingen an der Schusterwerkstatt vorbei, und ich atmete auf, als Oma Willy durch das Fenster grüßte und mir zuflüsterte: »Schnell, Denny. Wir gehen weiter, sonst kommen wir heute nicht mehr in Köln an.«

Aha, Oma hatte es endlich begriffen, dass es so nicht weitergehen konnte. Obwohl, mit Willy hätte Oma ruhig mal eine Unterhaltung anfangen können. Vielleicht hätte Willy ein paar günstige, gebrauchte Schuhe zu verkaufen gehabt. Und solange die Schuhe nicht nach Peters Füßen rochen, wäre ich dafür dankbar gewesen.

*Hey, hallo, Leute! Natürlich gab es früher nicht immer neue Klamotten von den Eltern oder von der Oma. Das Geld lag ja nicht auf der Straße herum, man musste es sich verdienen. Also, war es auch nicht so schlimm, mal etwas Gebrauchtes zu tragen.*

Mir machte es wirklich absolut nichts aus,

gebrauchte Kleidung zu tragen. Die meisten Sachen, die ich besaß, hatten vorher schon jemand anderem gehört.

Ich erinnerte mich daran, dass ich ganz stolz gewesen war, als ich von meinem Cousin Rainer zur Winterzeit eine braune Pudelmütze, eine gestreifte Wolljacke und eine braune Cordhose geschenkt bekommen hatte. Rainer war zu schnell aus diesen Kleidungsstücken herausgewachsen, mir aber passten sie wie angegossen.

Also, ich fand nichts Schlimmes daran, alte Kleidung zu tragen, aber es gab da einige Klassenkameraden, die mich deswegen hänselten. Das war nicht nur bei mir so, sondern auch bei einigen meiner Freunde, die alte, gebrauchte Sachen trugen.

Oma tröstete mich dann immer und sagte zu mir, dass dies nur feine Pinkel wären und nicht wüssten, was es bedeutete, wenn jemand nicht so viel Geld besaß wie sie.

Na ja, obwohl der dicke Klaus eigentlich auch reiche Eltern hatte, war er ganz anders. Er spielte mit uns armen Kindern und spottete niemals über unsere Kleidung.

Das gab mir die Hoffnung, dass nicht jeder Reiche ein feiner Pinkel war.

Kurz vor der Venloer Straße, kam uns Frau Henke entgegen. Obwohl heute das schönste Wetter war, lief sie wie immer mit einem Regenschirm durch die Gegend.

Natürlich grüßte Oma freundlich: »Guten Tag Frau Henke.«

Frau Juliane Henke grüßte zurück und blieb stehen. Frau Henke war klein und wirkte so zart, trotzdem kam sie mir unheimlich vor. Die unzähligen Falten in ihrem Gesicht waren fürchterlich tief. Auch fehlten ihr schon einige Zähne. Ihr oberer, rechter Eckzahn stand ziemlich schräg. Vermutlich wackelte er schon und würde ihr bestimmt schon bald ausfallen.

Über Frau Henke ließ sich bestimmt eine gruselige Geschichte in der von Tamaras neu gegründeten Clique MIDS erzählen.

Ich glotzte Frau Henke wie benommen an und rührte mich nicht. Dann blinzelte ich zweimal und versuchte zu lächeln. »Hallo, Frau Henke.« Sie sah mich an und lächelte zurück.

Frau Henke trat einen Schritt näher, als sie von Oma hörte, dass ich heute Geburtstag hatte. Hoffentlich gab sie mir keine Hand. Gott sei Dank, gratulierte sie mir nur mit den Worten: »Ich wünsche dir alles Gute zum Geburtstag, Denny!«

»Danke«, sagte ich nur.

*Nicht nur Männer, wie der Nachbar Herr Hoffmann, sondern auch Damen können durchaus einen strengen Geruch haben. Was ich damit meine?*

78

*Kommt mal näher heran und riecht selbst!*

Ein durchdringender und stechender Geruch nach Urin stieg mir unangenehm in die Nase. Das war auch ein Grund dafür, dass Frau Henke von uns Kindern den Spitznamen *Klo-Jule* erhalten hatte.

Ich hatte Oma mal darauf angesprochen und gefragt, warum die Jule immer mit einem aufgespannten Schirm durch die Gegend lief, obwohl das schönste Wetter war. Oma erzählte mir, dass Frau Henke einmal ein Dachziegel auf den Kopf gefallen war und sie seitdem bei jedem Wetter mit einem aufgespanntem Schirm durch die Gegend lief.

Das konnte ich durchaus gut verstehen. Frau Henke hatte große Angst davor, dass sie von vom Himmel fallenden Dachziegeln getroffen werden könnte und hoffte, der Schirm würde wie ein Ritterschild funktionieren und die Dachziegel abwehren, die versuchen würden, auf ihrem Kopf zu landen. Trotzdem war das absolut keine Entschuldigung dafür, dass sie unangenehm nach Pisse roch.

Oma und Frau Henke unterhielten sich weiter, während ich Frau Henke musterte. Sie trug einen braunen Rock, der zahlreiche Mottenlöcher aufzuweisen hatte.

Wenn der Rock schon so gammelig aussah,

wie mochte dann bloß die Unterwäsche von Frau Henke aussehen? Der bloße Gedanke daran verursachte bei mir leichte Übelkeit.

Ich trug auch alte und schon mal löchrige Kleidung, aber die war wenigstens sauber.

Oder kam der Geruch etwa vom Alter? Würde ich auch mal nach Klo riechen, wenn ich in das Alter von Frau Henke kommen würde? Bei dem Gedanken schüttelte ich mich wie ein nasser Hund. Dann fiel mir ein, dass Oma ja auch schon zur älteren Generation gehörte und nicht nach Pisse roch. Das gab mir wieder Hoffnung: Es lag also doch nicht am Alter, wenn jemand einen üblen Geruch verbreitete.

Endlich hatte das Schwätzchen ein Ende gefunden, und wir verabschiedeten uns von Frau Henke.

# Von Ehrenfelder

# Piraten

# und Rievkoche

**7** Für eine Mitfahrgelegenheit wäre ich in diesem Augenblick sehr dankbar gewesen. Wir waren auf dem Weg nach Ehrenfeld, und an uns fuhren etliche Straßenbahnen vorbei. Ihr lautes Gebimmel machte mich wahnsinnig.

»Bald sind wir in Ehrenfeld«, wandte sich Oma mir fröhlich zu, »und da fällt mir eine Geschichte zu ein.«

»Ach ja?«

»Es geht um die Edelweißpiraten.«

»Piraten?«, stutze ich. »Hier in Ehrenfeld?«, hakte ich nach.

»Genau«, nickte Oma langsam. »Soll ich dir

die Geschichte von den Edelweißpiraten erzählen?«

»Klar«, sagte ich und dachte: *Eine Geschichte über Piraten hört sich aufregend an.*

Aber Piraten hier in Ehrenfeld? Wann sollte das denn gewesen sein? Wollte Oma mir etwa einen Bären aufbinden? War es eine wahre Geschichte oder eine Legende, von der man ja dann auch nicht wusste, was der eigentliche wahre Inhalt war?

Oma fing also damit an, die ungewöhnliche Piratengeschichte zu erzählen.

»Du musst wissen, Denny, nicht nur in Köln gab es die Edelweißpiraten, sondern auch in Duisburg, Düsseldorf, Essen und noch in weiteren Städten. Aber auch hier in Ehrenfeld gab es eine Edelweißpiraten-Gruppe ...«, erzählte Oma und stutzte plötzlich.

»Hat dir noch niemand etwas über die Edelweißpiraten erzählt?«, fragte sie.

»Nein«, schüttelte ich den Kopf.

*Wer hätte das tun sollen?*, dachte ich.

»Und in der Schule hat euch auch noch kein Lehrer etwas davon erzählt?«

»Ähm, nein!«, schüttelte ich wieder den Kopf. »Ich habe ehrlich keine Ahnung, wer diese Piraten waren«, gestand ich.

»Gut, Denny, dann erzähle ich dir mal etwas über diese Piraten von Ehrenfeld«, sagte Oma und verlangsamte ihren Schritt.

Über Piraten hatte ich schon so einiges gelesen und natürlich auch schon so manches im Fernsehen gesehen. Das Beste am Piratenleben war wohl das Plündern, und viele Piraten schwärmten vom Grog und waren begeistert, wenn sie Leute auf einsamen Inseln aussetzen konnten. Ja, das Piratenleben bedeutete Freiheit und ... Gesetzlosigkeit. Ein Pirat konnte sich herrlichen Meereswind durch die Haare wehen lassen. Auf ihn und seine ausgetrocknete Kehle warteten Fässer voller Grog, um geleert zu werden. Säbel und Kanonen ... Ich zögerte und überlegte: *Wie war das denn mit dem Waschen an Bord? Gab es denn auch eine Dusche oder eine Badewanne auf diesen Piratenschiffen? Tja, vermutlich nicht.* Ich dachte an Frau Henke und daran, dass sie bestimmt gut zu der Piratenmannschaft gepasst hätte, die sich vermutlich auch nur sehr selten gewaschen hatte.

Ich hörte Oma gespannt zu und erfuhr, dass die Piraten eine Handvoll Ehrenfelder Jungs waren, deren Geschichte angeblich in ganz Köln sehr bekannt war.

Tja, bis zu mir war sie allerdings noch nicht vorgedrungen. Ich konnte mir nicht vorstellen, was ein Edelweiß und ein Pirat miteinander zu tun hatten, aber Geschichten über Piraten hörten sich immer spannend an.

»Hatten sie richtige Säbel?«, fragte ich.

»Was für Säbel?«

»Na ja, Schwerter oder so«, sagte ich irritiert. »Was Piraten nun mal eben bei sich tragen. Säbel zum Kämpfen.« Ich zog die Schultern dabei hoch und war irritiert, dass Oma nicht wusste, wovon ich sprach.

*Oma weiß ja gar nichts über Piraten*, dachte ich und schüttele verständnislos den Kopf.

»Nein, Denny«, erklärte Oma mir geduldig, »solche Piraten waren das nicht gewesen.«

Ich grübelte. *Was sollten das denn sonst für komische Piraten gewesen sein? Ohne Säbel und so. Tja, das waren dann ja wohl doch keine richtigen Piraten gewesen.*

Oma erzählte, dass die Edelweißpiraten wahre Helden gewesen waren, die getan hätten, was Jugendliche früher halt ebenso getan hatten: Abenteuer erleben, zusammen singen, natürlich Streiche spielen, und sich zu wehren, nämlich dann, wenn sie von den Banden der Hitlerjugend angegriffen wurden.

Okay, von dem Hitler hatte ich in der Schule schon mal etwas gehört.

»Hatten sie denn einen Anführer?«, fragte ich neugierig.

»Wer?«

»Na, die Piraten.«

»Natürlich hatten sie einen Anführer.«

Oma erzählte mir, dass sich die Piraten in Gruppen zusammenfanden und dass sie sich gemeinsam dem politischen Zwang und Drill der Hitlerjugend entzogen. Ich erfuhr, dass diese Haltung in der damaligen Zeit sehr viel Zivilcourage erfordert hatte.

»Das ist ja schlimm«, bemerkte ich.

»Ja«, nickte Oma, »und es kommt noch viel schlimmer.«

»Hm!«, sagte ich.

»Leider bezahlten viele einen hohen Preis für ihren Mut«, erzählte Oma. »Folter, Gestapohaft und Arbeitslager«, sagte sie rasch.

»Oh!«, sagte ich nur.

Alles hatte ich zwar nicht verstanden, was Oma mir erzählt hatte. Keine Ahnung, was Gestapohaft war, aber ich konnte mir denken, dass es eine harte Strafe gewesen sein musste.

Hätte ich in dieser Zeit gelebt, dann wäre ich sicherlich auch zu den Piraten gegangen. Ich machte mir so meine eigenen Vorstellungen von diesen Piraten. Es waren alles tapfere und *edle* Männer, die mit einem *weißen* Piratenschiff den Rhein entlang gesegelt waren und in Köln anlegt hatten. Sie erhielten also daraufhin den Namen: *Edelweißpiraten*. In Köln hatten die *Piraten* das Schiff verlassen, um gegen die *böse Bande* anzutreten. Mit Sicherheit mussten sie große Helden gewesen sein.

Es war inzwischen elf Uhr geworden, und wir standen am Ehrenfeldgürtel. Auf der anderen Straßenseite war die legendäre Rievkochebud von Ihrefeld. Dort, an den weißen Stehtischen vor dieser Bude, traf sich das Veedel. Nirgendwo anders in Köln bekam man so leckere Reibekuchen zu essen.

Mir knurrte der Magen, aber ich wollte Oma nicht fragen, ob sie mir vielleicht einen Reibekuchen kaufen konnte. Reibekuchen kosteten Geld, und wir brauchten das Geld für andere Dinge. Die Reibekuchen von Oma waren nämlich auch sehr gut. Also, wollte ich warten, bis Oma wieder welche machen würde.

»Hast du Hunger, Denny?«, fragte Oma, als hätte sie meine Gedanken gelesen.

»Och!«, sagte ich.

»Sollen wir uns Reibekuchen holen?«

»Tja!«, überlegte ich. »So großen Hunger habe ich nun auch wieder nicht. Ich habe heute ja gut gefrühstückt.«

»Zur Feier des Tages holen wir uns eine Portion«, sagte Oma und ging mit mir direkt zur Rievkochebud.

»Grüß dich, mein Schätzelein! Wie isset dir?«, wandte sich der graubärtige Mann der Rievkochebud an meine Oma, während ich ihn wohl anglotzte. »Das Leben ist viel zu kurz und meine Rievkoche zu lecker, um hier Trübsal zu blasen«, sagte der graubärtige Mann und zwinkerte mir dabei zu.

Oma wechselte mit dem graubärtigen Mann noch einige Worte. Nach der Bestellung dauerte es nicht lange, und wir standen an einem der fünf weißen Stehtische und verdrückten die drei Reibekuchen, die wir uns gerecht teilten.

Na ja, gerecht war es eher nicht, denn ich sah, dass Oma schummelte und mir immer das größte Stück vom Kuchen abgab.

Satt und gestärkt ging es dann weiter in Richtung Köln.

# Versoffene Nasen

**8** Oma legte einen Schritt zu, denn sie wollte unbedingt gegen Mittag in der Kölner Innenstadt ankommen. Das hätten wir auch anders und garantiert pünktlich schaffen können, denn wieder fuhr eine Straßenbahn bimmelnd an uns vorbei.

Mir gingen absurde Gedanken durch den Kopf. Obwohl mir durchaus bewusst war, dass ich nun zehn Jahre alt geworden war und nicht mehr an solch einen Blödsinn glauben sollte, brannte mir trotzdem eine Frage auf den Lippen: *Hat es früher in Köln auch Vampire und Werwölfe gegeben?*

Wie sollte ich die Frage formulieren, um nicht kindisch zu klingen? Gut, ein bisschen Kind war ich ja noch, aber ...

»Gleich sind wir am Friesenplatz, Denny«, unterbrach Oma meine Gedanken.

»Ja«, schnaufte ich.

»Hast du etwa keine Lust mehr?«, fragte sie.

»Doch, es macht mir Spaß«, nickte ich, und dieses Mal sagte ich wirklich die Wahrheit. Oma lächelte zufrieden. »Was gibt es heute Abend zu Essen?«, wollte ich wissen.

»Ich möchte heute nichts aufwendiges kochen«, antwortete Oma langsam. *Das habe ich ja auch nicht von ihr verlangt*, dachte ich. »Ich mache heute Bratkartoffeln«, fuhr Oma fort.

»Super«, jubelte ich, »deine Bratkartoffeln sind die Besten.«

Aha, das war ja schlau von meiner Oma gewesen, deswegen hatte sie die Woche über gekochte Kartoffeln gesammelt, die beim Essen übrig gebliebenen waren.

»Machst du die Bratkartoffeln mit viel Zwiebeln und Speck?«, wollte ich wissen.

Oma nickte mir zu.

Ich war glücklich darüber, dass sich Oma heute den ganzen Tag für mich Zeit nahm. Sie schien mir die beste Oma der Welt zu sein, obwohl sie auch ganz anders sein konnte.

Als ich an das Abenteuer mit Ferdinand, Lambert und Klaus dachte, glaubte ich wieder die Schläge zu spüren, die meine Pobacken rot werden ließen.

Na ja, das war alles so gekommen: Meine drei Freunde und ich durchstreiften Bickendorf und waren auf der Suche nach unvergesslichen Abenteuern. Auf Klingelmäuschen hatte wir an diesem Tag absolut keine Lust, da fiel uns ein verbeultes Verkehrsschild auf, das über einer Tordurchfahrt hing. Ferdinand nahm einen kleinen Stein und traf ins Schwarze. Wir alle jubelten über den direkten Treffer. Einer nach dem anderen versuchte sein Glück. Mal traf jemand das Verkehrsschild, mal flog ein Stein vorbei und traf direkt die Hauswand. Na ja, alles war bis dahin gut gegangen, denn die Steine, die die Hauswand trafen, verursachten keinerlei Schäden. Peter, der Stinker, kam vorbei und gesellte sich zu uns. Auch er wollte sein Glück probieren. Blöder Kerl. Niemand von uns hat ihn darum gebeten, aber er holte weit aus und warf einen Stein, der eigentlich viel zu groß war. Bis zu diesem Zeitpunkt war die Welt für uns noch in Ordnung gewesen, doch als Peters Wurf das Schild verfehlte und der Stein direkt in eine Fensterscheibe flog, die daraufhin sofort zersprang, nahm das Schicksal für uns seinen Lauf.

Was sollte man von einem Vampir auch anderes erwarten? Peter war ein doofer Vampir und ein Stinker dazu, davon war ich nun felsenfest überzeugt.

Natürlich hatte uns ein Nachbar gesehen und wusste auch, wo wir alle wohnten.

*Liebe Leute, ich erinnere mich noch genau daran,*

*als wäre es gestern erst geschehen. Verdammt, ich*
*kann Euch sagen, das war ein ganz beschissener*
*Nachmittag gewesen.*

Oma war wütend auf mich und stellte mich sofort wegen der eingeworfenen Scheibe zur Rede. Obwohl in dem Haus eigentlich schon lange niemand mehr wohnte, sollte man das Eigentum eines anderen nicht mutwillig zerstören, hatte sie mit mir geschimpft und mich dann übers Knie gelegt und mir den Hosenboden stramm gezogen. Zuerst war ich wütend auf Oma gewesen und wollte kein Wort mehr mit ihr reden. Doch dann sprach sie mit mir nochmals über diesen dummen Streich, der ja eigentlich ein Versehen war, aber nun gut, ich begriff mit einem Mal, was sie mir sagen wollte. Na gut, demnächst wollte ich vorausschauender sein und abwägen, was meine Handlungen für Konsequenzen nach sich ziehen könnten.

»Du bist so still, Denny«, sprach Oma mich an.

»Der Weg gefällt mir«, sagte ich.

Oma zog die Augenbrauen hoch.

Und endlich erreichten wir den Friesenplatz. Natürlich hatte ich noch Lust zu lauschen, was für Geschichten meine Oma zu erzählen hatte, aber so langsam taten mir meine Füße weh.

Doch das wollte ich Oma nicht sagen. Vielleicht würde sie dann mit der Straßenbahn in die Stadt fahren – das wäre natürlich ganz in meinem Sinne gewesen, aber damit hätte ich ihr mit Sicherheit die Freude an diesem Ausflug genommen.

»Oma, ich hätte da mal eine Frage.«

»Ja.«

»Wo wohnen eigentlich der Tönnes und der Scheel?«, wandte ich mich ihr zu, als wir an der Kreuzung am Friesenplatz an einer roten Ampel standen.

Oma schüttelte den Kopf und lächelte leicht.

Hatte ich etwa eine dumme Frage gestellt? Doch dann fiel mir ein, dass Oma mal zu mir gesagte hatte, dass es keine dumme Fragen geben würde. Dann hatte sie noch ergänzt: *Nur wer nicht fragt, der ist dumm.*

»Tünnes und Schäl heißen sie«, korrigierte Oma mich und buchstabierte mir die Namen. »Das ist wieder so eine Kölner Geschichte«, sagte sie anschließend.

»Kannst du mir vielleicht etwas über Tünnes und Schäl erzählen?«

»Tja, Denny, das ist nicht so einfach zu erklären.«

»Bitte Oma.«

»Gut, dann versuche ich, dir die Geschichte verständlich zu erzählen. Tünnes und Schäl sind legendäre Figuren von Köln ...«, fing Oma an, und ich unterbrach sie prompt: »Ah, ich verstehe, Oma. Tünnes und Schäl waren bei der Legion gewesen und haben auch in Afrika gekämpft wie Herbert«, nickte ich ihr zu.

Herbert war ein entfernter Verwandter, der früher einmal bei der Fremdenlegion seinen Dienst geleistet hatte.

»Nein«, schüttelte Oma den Kopf. »Legendär kommt nicht von Legion. Tünnes und Schäl sind fiktive Figuren, die bereits im vorigen Jahrhundert im Hänneschentheater erfunden wurden.«

Das Hänneschentheater kannte ich gut, aber dass Tünnes und Schäl dort erfunden wurden, das war mir völlig neu.

In meinem Kopf klickte etwas: In der Schule hatte ein Lehrer auch mal etwas über diese beiden legendären Figuren erzählt, aber ich hatte ihm nicht richtig zugehört. Ich war mit wichtigeren Dingen beschäftigt: Papierflieger basteln. Meiner Oma wollte ich jetzt aber genau zuhören.

Oma erzählte mir etwas von Brauchtum und Kölschen Originalen – keine Ahnung, was das war, aber es hörte sich aufregend an. Ich erfuhr von Oma, dass der Name Tünnes die rheinische Form von Antonius war. Dieser Antonius wurde als knollennasiger Typ mit friedlichem

Gemüt dargestellt, der eine gewisse Bauern-
schläue besaß.

Oma sagte, dass sich Schäl auf das Schielen
des Hauptdarstellers bezog, andererseits in der
kölschen Mundart auch schlecht oder falsch bedeutete.

Sie erwähnte noch, dass die Erfindung der
Figur des Schäl auf Johann Christoph Winters
Verärgerung über Franz Millewitsch zurückzu-
führen war; er soll trotz anderer Schreibweise
seines Nachnamens ein Vorfahre des berühmten Volksschauspielers Willy Millowitsch gewesen sein. Der Vorfahre Franz Millewitsch be-
trieb nämlich damals ein konkurrierendes Pup-
pentheater auf der Schäl Sick.

Oma lachte und erzählte mir noch, dass die
Bronzefiguren von Tünnes und Schäl vor der
Kirche Groß St. Martin in der Altstadt standen.
Oma lachte wieder und sagte mir, dass die di-
cke Nase von Tünnes schon ganz blank gerie-
ben war ...

»Ach ja«, sagte ich und runzelte die Stirn.
»Warum?« *Wer hätte denn bloß Interesse an einer
Nase zu reiben?*, ging es mir durch den Kopf.

Diese Frage hätte ich mir sparen können,
denn Oma hätte es mir bestimmt eh erzählen
wollen.

»Ein kräftiger Griff daran soll Glück bringen«, nickte sie wissend.

»Ach ja«, sagte ich wieder und machte mir gerade meine eigene Vorstellung vom schlauen Tünnes, der in meinen Gedanken eine knallrote, versoffene Knollennase besaß. Er und sein Kumpel Schäl verbrachten also viele Stunden zusammen. Vielleicht hatten sie auch manchmal am Rheinufer auf der Schäl Sick beisammen gesessen, mit Blick auf den Kölner Dom.

*Also, für jeden der nicht weiß, was Schäl Sick bedeutet, möchte ich eine kurze Erklärung dazu abgeben. Die Schäl Sick ist ein in Köln heute noch geläufiger Ausdruck für die schlechte oder auch falsche Seite des Rheins und bezieht sich nur auf die rechtsrheinischen Stadtteile. Der Ausdruck Schäl stammt vom kölschen Wort schäle ab, welches für blinzeln (verwandt mit schielen oder scheel anblicken) steht. Für die Entstehung des Ausdrucks gibt es mehrere Sagen, auf die ich hier aber nicht eingehen möchte, weil ich sonst eine längere Abhandlung darüber verfassen müsste.*

Schäl, der schielende Lebemann, im guten Anzug und mit Hut, hatte meiner Vorstellung nach auch eine knallrote, versoffene Nase. Sie saßen also friedlich beisammen und leerten eine Flasche Bier nach der anderen, während sie sich Witze erzählten.

Wer weiß? Vielleicht hatten sie ja doch gelebt. Auf jeden Fall waren sie eine Legende von Köln.

Nach etlichen Grünphasen, die wir verpasst hatten, weil meine Oma mir eine Geschichte über die versoffenen Nasen erzählt hatte, überquerten wir nun endlich den Friesenplatz und wollten eine Abkürzung durch die Friesenstraße nehmen, doch Oma wechselte ganz plötzlich die Richtung.

»Wohin gehen wir?«, fragte ich erstaunt und hatte Mühe meine Neugierde zu verbergen.

»Zum Rudolfplatz«, antwortete sie kurz.

Natürlich konnte ich sie mit Fragen löchern und darauf beharren, dass sie mir sagen sollte, warum sie unbedingt zum Rudolfplatz gehen wollte. Das war nämlich nicht der direkte Weg in die Kölner Innenstadt. Der Umweg würde mindestens zwanzig Minuten dauern. Es fiel mir schwer, aber ich hielt meinen Mund und wollte mich überraschen lassen.

Es ging vorbei an einigen Geschäften und Ruinen. Einige von ihnen wurden gerade wieder aufgebaut. Als wir am Hahnentor ankamen, staunte ich über das kolossale Bauwerk, mit seinen mächtigen Türmen, die rechts und links neben dem großen Tor thronten wie zwei Riesen aus Stein, die es bewachten.

Oma erzählte mir, dass es rings um Köln einmal eine Stadtmauer gegeben hatte, mit über fünfzig Türmen und zwölf solcher großen Tore wie das Hahnentor.

Ich staunte.

»Vor dem Krieg war noch wesentlich mehr erhalten als heute«, erklärte Oma mir mit einem Nicken. »Das Bauwerk heißt auch Hahnentorburg.«

»War das denn mal eine richtige Burg?«, wollte ich wissen.

»Es war schon ein gewaltiges Bauwerk«, nickte Oma begeistert. »Es gibt eine Geschichte, die beschreibt, wie die Könige nach ihrer Krönungszeremonie in Aachen die Stadt Köln durch das Hahnentor betraten und dann zum Schrein der Heiligen Drei Könige in den Kölner Dom zogen.«

»Wow«, staunte ich. »Was ist ein Schrein der Heiligen Drei Könige?«, fragte ich interessiert.

»Den Schrein werde ich dir später im Dom zeigen«, sagte Oma, »und dir etwas darüber erzählen.«

Sie erzählte mir mit Herzblut, dass vor der Stadtmauer ein gewaltiger Graben gewesen war, den man nur bei den Toren überqueren konnte.

»Ja, aber ...«, staunte ich. »Wie ist man denn über den Graben gekommen?«

»Über eine Zugbrücke«, erklärte Oma.

Wie dumm von mir, dass ich nicht daran gedacht hatte.

Ich überlegte und stellte mir vor, wie schwer es doch die tapferen und *edlen* Männer gehabt haben mussten, die mit dem *weißen* Piratenschiff den Rhein entlang gesegelt waren und in Köln angelegt hatten, denn diese mächtigen Mauern und Tore mussten fast unüberwindbar für sie gewesen sein.

»Oma. Wie lange hatte es eigentlich die Stadtmauer gegeben?«, fragte ich neugierig.

»Hier am Rudolfplatz wurde sie etwa so gegen Ende des 18. Jahrhunderts abgerissen«, erklärte Oma mir und sagte nach einer kurzen Pause: »In anderen Stadtteilen vielleicht auch schon früher.«

»Da haben die Piraten ja Glück gehabt«, sagte ich.

Oma sah mich verwundert an.

»Dann brauchten sie die Stadtmauer ja nicht zu erobern.«

Oma lächelte mir zu.

Wir gingen durch das Hahnentor, und ich erfuhr von Oma, dass die Torburg früher einmal auch als Gefängnis genutzt wurde. Dann schlugen wir den direkten Weg zum Neumarkt ein.

# Was für ein Tag

**9** *Vielleicht denkt Ihr: Hey, der Junge ist aber undankbar. Warum stellt er sich eigentlich so an? Seine Oma gibt sich doch soviel Mühe, dass er einen schönen Geburtstag hat. Tja, dann stellt Euch doch mal vor, Ihr habt kaputte Schuhe an und müsstet eine solche Strecke damit laufen. Also, ich war damals jedenfalls froh gewesen, dass wir endlich am Neumarkt angekommen waren.*

Mit meiner Oma hatte ich schon so einige Ausflüge zu Fuß unternommen – da waren meine Schuhe allerdings noch besser erhalten gewesen. Ich dachte gerade an den tollen Ausflug letztes Jahr, auf den Oma auch Thomas, Bettina und noch zwei Nachbarskinder mitgenommen hatte. Wir waren mit dem Zug nach Königswinter gefahren. Das war schon ein gewaltiges Abenteuer gewesen, aber dann kam es noch viel besser, als wir zusammen auf den Drachenfels hinaufgegangen waren, um die

Burgruine zu erkunden. Das war einer der schönsten Ausflüge, die meine Oma mit mir unternommen hatte. Auch Thomas, Bettina und die beiden Nachbarskinder schwärmten noch lange davon. Natürlich gab es dort oben auf der Burg Eis für alle. Wenn ich heute so daran dachte, musste der Ausflug meine Oma sehr viel Geld gekostet haben. Ob sie lange vorher für diesen einen Tag hatte sparen müssen?

»Hier entlang, Denny«, hörte ich Oma sagen. Ich wandte mich ihr zu.

Oma wollte durch die Schildergasse zum Kölner Dom gehen. Natürlich willigte ich ein, doch als ich an meine Füße dachte, fluchte ich im Stillen. *Oje, die ganze Schildergasse und Hohe Straße entlang, bis zum Kölner Dom.*

Oma blieb fast vor jedem Schaufenster stehen, sah sich Kleider, Schmuck und Schuhe an. Gerne hätte ich meiner Oma ein Geschenk gemacht, aber mein Taschengeld reichte nicht aus, um ihr all die schönen Sachen zu kaufen.

»Ein schönes Kleid«, sprach ich Oma an.

»Ja«, hauchte Oma, »aber dafür bin ich schon etwas zu alt«, lächelte sie mich an.

»Warum?«

»Ist so.«

Ich ließ die Antwort gelten und fragte nicht weiter nach. Oma war schweigsam geworden.

Sie schien über irgendetwas nachzudenken.

»Oma, alles in Ordnung?«, wollte ich wissen und war etwas besorgt.

»Ja ... ja, natürlich«, schüttelte Oma den Kopf. »Komm, Denny, hier hinein!«, sagte sie urplötzlich, als wir vor einem Schuhgeschäft standen.

*Och, will sich Oma etwa ein Paar neue Schuhe kaufen?*, ging es mir durch den Kopf.

Im Geschäft kam eine Verkäuferin auf uns zu und begrüßte uns sehr freundlich. Sie war etwa so alt wie meine Mutter. Ihr schulterlanges, braunes Haar umrahmte ihr schmales Gesicht und fiel ihr fast in die Augen.

Ich sah mich neugierig im Laden um. Hier war ein wahres Paradies für alle Menschen, die auf der Suche nach neuen Schuhen waren. Als ich Omas Worte hörte, dass ich mir neue Schuhe aussuchen sollte, traf es mich hart, als hätte mir jemand mit der Faust voll auf die Nase geschlagen, genauso wie letzte Woche, als ich eine Auseinandersetzung mit einem Jungen aus der Nachbarschaft hatte, der einen Kopf größer war als ich. Der Kampf verlief gut für mich, bis zu dem Zeitpunkt, als mich ein Schlag voll auf die Nase traf.

»Denny, hast du mir nicht zugehört?«, fragte Oma verwundert.

»Doch«, sagte ich schnell, aber irgendwie

konnte ich es noch nicht fassen, und außerdem stand ich wohl noch unter Schock.

Ich sah, wie die Verkäuferin mich nett anlächelte und dann sagte: »Hast aber eine liebe Oma.«

»Ja«, nickte ich, »sie ist die beste Oma auf der ganzen Welt.«

Die Verkäuferin lächelte wieder.

»Wir müssen in die erste Etage«, sagte sie. »Dort ist die Kinderabteilung.«

Ich war ganz aufgeregt, denn dort oben erwarteten mich jede Menge neue Schuhe. Und sicherlich waren auch meine Traumschuhe dabei, die nur darauf warteten, von mir ausgesucht und anprobiert zu werden.

»Komm, Denny«, sagte Oma und ging mit der Schuhverkäuferin voraus.

Mit einem Kribbeln im Bauch und zittrigen Händen folgte ich meiner Oma und der Verkäuferin in die erste Etage.

*Nein, es gab keinen Aufzug oder eine Rolltreppe. Wir mussten noch Treppensteigen.*

»Boah«, staunte ich, als ich die vielen Schuhregale sah. Nun hatte ich die Qual der Wahl. Ich schritt das erste Regal auf und ab, sah mir jeden Schuh ganz genau an. Dann folgte das zweite Regal.

»Ich glaube, das wird ein wenig länger dauern«, sagte meine Oma zur Verkäuferin.

»Das macht überhaupt nichts.«

Ich warf einen kurzen Blick zu Oma und der Verkäuferin.

»Lass dir ruhig Zeit, Denny«, sagte die Verkäuferin.

Ich nickte ihr stumm zu.

*Woher kennt sie meinen Namen?*, dachte ich.
*Ach ja, Oma hat meinen Namen ja eben erwähnt.*

Mir fielen ein Paar braune Schuhe ins Auge. Als ich den Preis sah, stellte ich sie wieder ins Regal zurück.

»Gefallen sie dir?«, fragte die Verkäuferin.

»Ja, aber die sind viel zu teuer«, antwortete ich ihr direkt.

Meine Oma und die nette Verkäuferin wechselten einige Worte miteinander.

»Komm, Denny, ich zeige dir mal schöne Schuhe«, blinzelte die Verkäuferin mich an und nahm ein Paar Schuhe aus dem Regal.

Nachdem ich fünf Paar Schuhe anprobiert und leider noch nichts passendes gefunden hatte, sagte die Verkäuferin: »Ich schau mal nach, was wir noch im Lager haben.«

»Passt wirklich keiner von denen?«, fragte Oma, und ihr fester Blick hielt mich gefangen.

»Nein, leider nicht«, sagte ich. »Entweder sind die Schuhe zu klein oder zu groß.«

»Schade«, sagte Oma. »Das sagst du doch jetzt nicht nur, weil die Schuhe hier etwas teurer sind?«, hakte sie nach.

»Nein«, schüttelte ich den Kopf.

»Ich habe vorgestern mit deinem Vater in der Küche darüber gesprochen. Er war damit einverstanden. Das ist ein Geburtstagsgeschenk von uns allen – von deinen Eltern und von mir.«

Und nun erfuhr ich auch, worüber meine Oma und mein Vater in der Küche getuschelt hatten.

Die Schuhverkäuferin kam mit zwei Paar Schuhen zurück, die mir beide auf Anhieb gefielen. Die schwarzen Schuhe waren viel zu klein, aber die braunen Schuhe passten wie angegossen.

Das war ein glücklicher Tag für mich, als Oma dann voller Begeisterung sagte, dass wir diese Schuhe kaufen würden. Die Verkäuferin sagte dann, dass diese Schuhe reduziert wären, und somit behielt Oma noch etwas Geld übrig.

Als Oma die tollen Schuhe an der Kasse bezahlt hatte, überreichte mir die nette Schuhverkäuferin die Papiertüte mit den Schuhen. Ich nahm die Tüte entgegen und hätte einen Luftsprung vor Freude machen können.

»Geht es oder ist die Tüte zu schwer für dich?«, fragte Oma, als wir das Schuhgeschäft verlassen hatten.

»Nein«, sagte ich nur und war stolz darauf, die Tüte tragen zu dürfen.

Gerne hätte ich jedem Fußgänger, der uns entgegenkam gesagt: *Sieh mal her, meine Oma hat mir ganz tolle, neue Schuhe gekauft.*

Natürlich war mir klar, dass es nicht nur ein Geschenk von Oma sondern auch von meinen Eltern war.

»Hast du noch Lust zum Gürzenich zu gehen?«, fragte Oma. »Liegt fast auf dem Weg zum Kölner Dom.«

Ich nickte und sagte freudig: »Ja.«

Oma erzählte mir auf dem Weg dorthin, dass der Gürzenich einmal das schönste Haus des Mittelalters und Fest- und Tanzhaus der Bürger gewesen war. Früher stand an dieser Stelle ein Wohnhaus, das der Familie Gürzenich gehört hatte. Im Krieg wurde es jedoch zerstört. Innen musste alles neu aufgebaut werden, doch die Mauern waren immer noch die aus dem Mittelalter.

Eine kleine Gruppe von Touristen drängte sich an der großen Bronzetür, auf die auch ich und Oma zugingen. Ein alter Mann mit grauem Bart und lockigem Haar öffnete die Tür von innen und ließ die Besucher eintreten. Der alte Mann trug ein blaues Hemd, eine braune Hose und solide Lederschuhe, die mir sofort ins

Auge fielen.

Ob seine Schuhe auch neu waren? Das Leder glänzte und ...

»Hallo, kleiner Mann, willst du auch an der Führung teilnehmen?«, durchbrach er meinen Gedankenfluss, als er direkt vor mir und meiner Oma stand.

Ich wurde verlegen und antwortete ihm leise: »Würde ich ja gerne, aber meine Oma hat mir eben schon neue Schuhe zum Geburtstag gekauft.«

»Aha!«, sagte er mit tiefer Stimme, sah mir direkt in die Augen und zog die Augenbrauen hoch.

»Komm, wir gehen«, wandte ich mich Oma zu, denn ich wollte nicht, dass sie ihr letztes Geld für eine Führung ausgab.

Oma nickte mir zu.

»Wow!«, sprach der alte Mann mich plötzlich an und deutete auf meine Tüte. »Sind da deine neuen Schuhe drin?«

»Ja«, nickte ich ihm zu.

»Meine Frau hat mir vorigen Monat auch ein Paar neue Schuhe zum Geburtstag geschenkt«, sagte er und deutete stolz auf seine glänzenden Lederschuhe.

»Die sind mir schon aufgefallen«, sagte ich. »Die sind wunderschön.«

»Ja«, nickte er mir zu. »Das sind sie.«

»Und du hast heute Geburtstag?«, fragte er freundlich.

»Ja«, antwortete ich nickend, »aber eine Führung können wir uns leider nicht leisten. Oma braucht das Geld noch für andere Dinge«, ergänzte ich höflich.

»Entschuldigen Sie«, sagte meine Oma zu dem alten Mann und lächelte verlegen. »Sie haben bestimmt wichtigere Dinge zu tun, als ...«

»Nein«, winkte er ab und kullerte mit den Augen. »Du und deine Oma seid meine Gäste, es sind nämlich noch zwei Plätze frei«, sagte er und zwinkerte mir zu.

»Das können wir nicht annehmen«, sagte Oma.

»Oh, doch!«, nickte der alte Mann bestimmend meiner Oma zu, »das ist mein Geburtstagsgeschenk für dich«, wandte sich der Mann mir zu.

Ich wartete ungeduldig auf die Antwort meiner Oma und betete kurz, dass sie das Angebot annehmen sollte. Ich war doch so gespannt, wie es hinter dieser mächtigen Bronzetür aussehen würde.

»Vielen Dank«, sagte sie zu dem alten Mann.

»Bitte, gern geschehen«, nickte er freundlich.

Und schon wieder hätte ich vor Freude einen Luftsprung machen können, als die Führung begann.

Wir betraten das Treppenhaus mit seinen 650 Lampen, die zum Teil an Schnüren von der Decke herabhingen oder sich wie Efeu um Säulen rankten. Bei der Führung erfuhr ich, wie der Gürzenich entstanden war. Dann erzählte der alte Mann etwas über die alte Albankirche, die aber leider nicht mehr aufgebaut werden sollte. Ich sah das Denkmal der trauernden Eltern, die auf dem Boden der Kirchenruine niederknieten. Sie sollten an das große Leid und die schreckliche Zerstörung des Krieges erinnern. Dann betraten wir den großen Festsaal mit Fenstern, die mit goldenen Blättern verziert waren, und ich sah auf einem Podium eine riesige Orgel, die mit unendlich vielen Pfeifen bestückt war. Der Führer erzählte uns, dass 4.350 Pfeifen verbaut wurden. So langsam neigte sich die Führung dem Ende zu – leider. Bevor wir gingen, bedankte ich mich nochmals bei dem netten Mann für das wunderbare Geburtstagsgeschenk.

Schließlich wollte Oma noch mit mir zum Kölner Dom gehen, um zu beten und um eine Kerze für Opa aufzustellen, den ich leider nicht mehr kennen gelernt hatte, da er ein paar Monate nach meiner Geburt gestorben war.

»Möchtest du noch beim Zauberkönig vorbeigehen?«, fragte Oma.

»Ähm!«, kam es zögernd aus mir heraus.

»Tja, also ...«

»Liegt ja fast auf dem Weg«, sagte Oma und ergänzte: »Du wolltest dir doch die neuen Dracula-Gebisse ansehen.«

Das stimmte, das wollte ich tun, aber in diesem Moment schien mir das nicht mehr so wichtig zu sein.

»Ein Dracula-Gebiss brauche ich nicht unbedingt«, sagte ich. »Ich habe doch schöne neue Schuhe bekommen, das reicht völlig.«

Unterwegs zum Kölner Dom kamen wir auf Heilige und Kirchen zu sprechen, und dabei fiel der Name der Heiligen Ursula.

# Das Schlimmste kommt

# zum Schluss

**10** *Heilige gibt es aber viele in Köln*, dachte ich und musste leicht lächeln. *Köln, die Stadt der Heiligen, der weißen Piraten und der versoffenen Nasen.*

»Wann hat denn die Heilige Ursula gelebt?«, wollte ich sofort wissen, und Oma erzählte mir mit Begeisterung, dass die Heilige Ursula, den mittelalterlichen Legenden nach, aus der Bretagne stammte und im 4. Jahrhundert gelebt hatte.

*Aha, schon wieder eine Legende*, schnaufte ich und rätselte im Stillen. *An Legenden mangelt es in Köln ja nicht.*

Dann erzählte Oma mir lebhaft, dass die Heilige Ursula den Aetherius heiraten sollte. Er war der Sohn des heidnischen Königs von England.

Ich zog die Luft hörbar durch die Nase ein und spitzte die Lippen, als ich sie wieder ausatmete. »Und warum musste die Ursula diesen Aetherius heiraten?«, rätselte ich. *Was ist denn ein heidnischer König?*, dachte ich zugleich.

»Vermutlich hat ihr Vater diesen Wunsch geäußert«, erklärte Oma mir und nickte dabei.

»Und warum?«, fragte ich sofort.

»Das war halt früher so.«

»Aha!«

Sollte ich mich mit dieser Antwort zufrieden geben oder Oma weitere Fragen stellen?

»Die Königsväter bestimmten früher, wen ihre Töchter zu heiraten hatten«, erklärte Oma und zuckte mit den Schultern, gleichzeitig verlangsamte sie ihren Schritt.

»Oha!«, staunte ich und schimpfte dann: »Das war ja total gemein von denen.«

Oma erzählte weiter, dass die Heilige Ursula dieser Hochzeit einwilligte, aber sie stellte drei Bedingungen, die der Bräutigam innerhalb einer Frist von drei Jahren erfüllen sollte: Der heidnische Prinz Aetherius sollte getauft werden. Danach sollte eine Schar von zehn Gefährtinnen und elftausend Jungfrauen zusammengestellt werden. Anschließend musste dann eine gemeinsame Wallfahrt nach Rom unternommen werden.

»Oha!«, staunte ich wieder. »Das ist ja sehr

interessant«, nickte ich, obwohl ich wieder nicht alles verstanden hatte.

Oma benutzte Worte, die mir völlig fremd waren. Was verdammt nochmal war eine Jungfrau? Sollte ich Oma danach fragen? Die Frage nach den Jungfrauen hatte ich auf den Lippen. Doch ich ließ es sein, und Oma erzählte mir mit Begeisterung: »Also, die Pilgerfahrt führte mit dem Schiff ins weit entfernte Rom. Dort schlossen sich ihnen dann der Papst Cyriacus sowie einige Bischöfe und Kardinäle an.«

»Ist aber ein ulkiger Name«, unterbrach ich Oma, während sie mich ganz überrascht ansah, »Cyriacus.«

»Ja, das ist wirklich ein eigenartiger Name«, bestätigte Oma mir mit einem Nicken und lachte fröhlich dabei. »Dann traten sie die Rückreise nach Köln an«, erzählte Oma mir und atmete durch. »Als die Pilger zurück in Köln waren, wurden sie von den Hunnen getötet, die die Stadt damals belagert hatten.«

»Au Backe!«, brach es aus mir heraus. »Das ist ja schlimm.«

»Ja«, nickte Oma wieder und sagte dann: »Der widerwärtige Hunnenfürst machte dann der liebreizenden Ursula einen Heiratsantrag, doch sie lehnte ihn ab.«

Ich holte tief Luft.

»Die Heilige Ursula hat daraufhin den Märtyrertod erlitten«, sagte Oma etwas traurig.

*Was in aller Welt ist denn ein Märtyrertod?*, dachte ich und sagte verwundert: »Auweia, das ist ja schrecklich!«

»Ja«, nickte Oma abermals.

»Was ist eigentlich ein Märtyrertod? Wie ist die Heilige Ursula denn gestorben«, wollte ich noch wissen.

»Tja, Denny, ein Märtyrer ist jemand, der sich für seine Überzeugung opfert. Vielleicht hatte die Heilige Ursula, um des christlichen Glaubens willen, den Tod auf sich genommen.« Oma schien zu überlegen, dann sagte sie: »Als die Heilige Ursula den Heiratsantrag abgelehnt hatte, tötete der Hunnenfürst sie durch einen Pfeilschuss.«

Ich sah Oma einen Moment schweigsam an.

»Das ... das war ja ein fieser Kerl, dieser Hunnenfürst«, sagte ich wütend.

»Ja, das war er«, stimmte Oma mir zu.

*Da haben wir ihn also, den Antihelden in Omas Geschichte – den Häuptling der Hunnen*, ging es mir schlagartig durch den Kopf. *Also, wenn ich damals gelebt und ein Schwert gehabt hätte, wäre ich der Heiligen Ursula und ihren Jungfrauen zu Hilfe geeilt. Wo waren denn damals all die mutigen Männer mit ihren Schwertern und Bögen gewesen? Vermutlich hatten all die versoffenen Nasen am Rheinufer gesessen und ihr Bier getrunken.*

Aus den Heiligen wurde ich auch nicht so ganz schlau; konnte die Heilige Ursula nicht einfach den Hunnen zum Mann nehmen, und sie wäre mit dem Leben davongekommen? Doch sie wählte den Märtyrertod. Die Heilige Ursula hätte nach der Hochzeit doch fliehen und dann mit einer tapferen Armee nach Köln zurückkehren und diesen Fieslingsfürsten samt seiner Meute aus der Stadt vertreiben können. Oma sagte noch, dass sich deswegen auf dem Kölner Stadtwappen elf schwarze Flammen befanden; damit wollte man die elftausend Jungfrauen ehren.

*Ich bin ja doch noch so kindisch*, dachte ich in diesem Moment und nickte. *Ich fürchte mich noch vor Vampiren, während es in Köln sehr viel Schlimmeres gegeben hatte: Blutrünstige Hunnen.*

In dem Film Dracula hatte ich gesehen, dass man sich gegen Vampire mit Knoblauch und einem Pfahl wehren konnte.

Ich grübelte über die Hunnen nach. Alleine konnte man eine blutrünstige Horde Hunnen nicht besiegen. Wie also hielt man sich so eine Horde vom Hals? Mit Knoblauch und einem Pfahl ließen sich die Hunnen bestimmt nicht beeindrucken. Sollte ich Oma danach fragen?

Ich ließ es sein, denn ich sah staunend hinauf zu den Strebepfeilern und -bögen, Engeln und Wasserspeiern des Kölner Doms. Dann betraten wir das Wahrzeichen von Köln; einem Gigant aus Stein, der weit hinauf in den Himmel ragte.

Während wir langsam an den Gebetsbänken vorbeigingen, erzählte Oma freudig, dass am 15. August 1248 der Grundstein zum Bau des Doms vom Erzbischof Konrad von Hochstaden gelegt wurde.

*Oh Schreck, noch eine Kölner Legende?*, dachte ich. *Hoffentlich ist diese Geschichte nicht auch so blutrünstig.*

Doch Oma erzählte mir keine Legende vom Erzbischof, sondern zündete eine Kerze für meinen Opa an und sprach ein leises Gebet. Ihre Augen wurden etwas feucht. Sie schniefte kurz in ein Taschentuch, während ich auch eine Kerze für meinen Opa aufstellte.

»Bevor wir gehen, sollten wir noch einen Blick auf den Dreikönigsschrein werfen«, sagte Oma.

»Klingt spannend«, meinte ich vorsichtig und grinste leicht.

»Ist es auch«, erwiderte Oma und zögerte einen Augenblick.

Ich nahm Oma an die Hand. Sie wirkte noch immer traurig auf mich und schien mit den Gedanken irgendwo anders zu sein. Sicherlich dachte sie noch an meinen Opa.

Auf dem Weg zum Dreikönigsschrein fragte ich neugierig: »Warum ist der Schrein etwas Besonderes?«

»Also, das ist so«, fing Oma an und überlegte kurz. »Der Schrein der Heiligen Drei Könige ist das größte, künstlerischste und bedeutendste Reliquiar des Mittelalters ...«

»Was ist denn ein Reliquiar?«, hakte ich nach und kratzte mich nachdenklich am Kinn.

»Also, ein Reliquiar ist ein Behältnis für Reliquien. Das sind die Überreste vom Körper eines Heiligen«, erklärte Oma mir geduldig.

»Ist ja eklig«, rutschte es mir heraus.

Wir standen vor dem Dreikönigsschrein. Der Schrein war ganz aus Gold gefertigt und mit goldenen Figuren und verschiedenfarbigen Edelsteinen verziert.

»Und in diesem Ding liegen die Überreste eines Heiligen drin?«, wollte ich nochmals von Oma bestätigt haben.

»Ja«, nickte Oma mir bedächtig zu. »In der Mitte des elften Jahrhunderts brachte man die Gebeine der Heiligen Drei Könige von Mailand nach Köln. Daraufhin wurde Ende des elften Jahrhunderts mit der Fertigung des Schreins begonnen.«

»Aha!«, sagte ich nur.

Da gab es wirklich nichts zu meckern. Der Schrein war ein schönes Kunstwerk. Schweigsam bewunderten Oma und ich ihn einige Minuten lang.

»So, das reicht aber für einen Tag, Denny«, sagte Oma.

Ich nickte.

»Wir fahren aber mit der Straßenbahn nach Hause«, sagte Oma schließlich, und ich atmete erleichtert auf.

Wir verließen dann den Kölner Dom durch den Haupteingang und gingen direkt zur U-Bahn-Haltestelle am Hauptbahnhof. Dort stiegen wir in die Straßenbahn ein und fuhren bis zum Appellhofplatz. Dort stiegen wir in eine andere Straßenbahnlinie um.

Als wir dann in Bickendorf angekommen waren, stiegen wir eine Station vorher an der Rochusstraße aus. Meine Oma hatte noch ein wenig Geld übrig behalten und wollte an meinem Geburtstag ein Stück Fleisch beim Metzger für das Abendessen einkaufen.

Ich war Oma sehr dankbar. Das war ein ganz wundervoller Geburtstagsausflug gewesen; ein Paar neue Schuhe hatte ich bekommen, und zum Abendessen würde es Fleisch mit Bratkartoffeln und Gemüse geben. Aber die meiste Freude hatte mir meine Oma bereitet; sie hatte sich den ganzen Tag für mich Zeit genommen.

»Vielen Danke für den schönen Tag, liebe Oma«, sagte ich zu ihr.

In Köln gab es bestimmt noch viele Helden und mit Sicherheit noch mehr Legenden und

Sagen, über die meine Oma mir erzählen konnte. Na ja, wer weiß, vielleicht würde meine Oma ja an meinem nächsten Geburtstag wieder mit mir zu Fuß nach Köln gehen.

Morgen war dann meine Geburtstagsfeier, zu der viele meiner Freunde kommen wollten. Darauf freute ich mich schon sehr.

Meine Klassenkameradin Tamara ging mir mit einem Mal durch den Kopf. Sie war etwas eigenartig, ja, aber trotzdem teilte ich nicht die Meinung meiner Mitschüler und wollte nun Tamaras neuer Clique MIDS beitreten. Ich fühlte mich auf einmal erwachsen genug, um mich dieser Herausforderung zu stellen. Denn schließlich hatte ich ja von Oma erfahren, dass es in Köln blutrünstige Hunnen gegeben hatte, da konnten mich blutrünstige Geschichten über Vampire, Werwölfe oder Zombies wirklich nicht mehr erschrecken.

Als wir so gegen achtzehn Uhr heimkehrten, warteten bereits Vater und Mutter auf uns. Sie gratulierten mir nochmals zum Geburtstag und umarmten mich liebevoll dabei. Wir verbrachten gemeinsam noch einen schönen Geburtstagsabend, und ich erzählte unaufhörlich, was ich heute alles erlebt hatte.

*Wenn Ihr noch wissen wollt, ob ich Oma damals an meinem Geburtstag noch gefragt hatte, was denn ein warmer Bruder war – ja, das hatte ich. Und nein, Oma hatte mich an meinem Geburtstag nicht über die warmen Brüder aufgeklärt. Sie hatte wie immer die Antwort auf später verschoben. Ich war ihr trotzdem nicht böse gewesen. Auch wenn ich vielleicht ein wenig enttäuscht darüber gewesen war, dass Oma wohl immer noch gedacht hatte, ich wäre nicht alt genug dafür.*

# Nachwort des Autors

Sehr vieles von dieser Geschichte beruht auf einer wahren Begebenheit. Man sollte natürlich bedenken, dass der Erzähler noch sehr jung war, trotzdem glaube ich, dass er die Erlebnisse an das große Abenteuer in Köln noch gut in Erinnerung hat und tatsächlich die Wahrheit erzählt. Ob es zu glauben ist, dass der Erzähler sich heute noch an das genaue Jahr erinnern kann, wann er mit seiner Oma diesen Gewaltmarsch nach Köln unternommen hatte, bleibt jedem Leser selber überlassen.

Ob er in diesem Alter aber wirklich schon an solch düstere Gestalten wie Vampire, Werwölfe und Zombies geglaubt hatte, bezweifele ich ein wenig. Vermutlich traten sie erst später seinem Leben bei. Deswegen könnte es sein, dass sich diese Geschichte nicht in dieser chronologischen Reihenfolge abgespielt hat.

Alle Personen und Namen sind von Denny natürlich frei erfunden. Ähnlichkeiten mit lebenden und gestorbenen Personen sind somit ausgeschlossen. Na ja, einige Namen hat der kleine Denny vielleicht wohl doch vergessen zu ändern.

Großmutter hatte sich sehr viel Zeit für den kleinen Denny genommen; aber nicht nur für ihn, sondern auch für die Erziehung ihres eigenen Kindes und auch für ihre Pflegekinder. Das Wohlergehen anderer Menschen lag ihr am Herzen, deswegen hatte sie dafür auch eine Auszeichnung von der Stadt Köln erhalten. Auch wenn sie nicht zur Legende geworden ist, mir und auch anderen Menschen wird sie immer in guter Erinnerung bleiben.

# Danksagung

2009 hatte die Geschichte von Denny bei einem Schreibwettbewerb teilgenommen. Das Thema hieß *Großstadtlegenden*. Die damals sechzehnseitige und erfolgreiche Geschichte, habe ich nun überarbeitet und zu einer längeren Erzählung ausgebaut, um sie Euch zu präsentieren.

Dieses Projekt hatte mir sehr viel Freude bereitet. Gemeinsam mit dem kleinen Denny konnte ich noch einmal einen Streifzug durch das damalige Köln erleben. Denny präsentierte mir die schönen und auch weniger schönen Augenblicke seiner Kindheit.

Zuerst einmal möchte ich mich bei meinen Leserinnen und Lesern für das Interesse an diesem Buch bedanken.
Mich würde es natürlich wieder brennend interessieren, was Euch an der Geschichte ge-

fallen hat – und was nicht.

Wer mir schreiben möchte, kann mich gerne auf meiner Homepage

**www.dangronie.jimdo.com**

besuchen oder schaut vorbei bei

**Facebook**.

Hier könnt Ihr auch mehr über mich und meine Bücher erfahren.

Übrigens, einen ganz lieben Dank an meine Frau Ursula für ihre Zeit, die sie in meine Manuskripte investiert und für ihr großes Interesse an meinen Geschichten.

Ein herzliches Dankeschön an Stefan Bernsmann für das Titelbild von der Kölner Altstadt.


Mit ganz herzlichen Grüßen

*Dan Gronie*